詞林正韻

【清】戈載撰

上海古籍出版社

據吳縣潘氏藏清道光元年翠薇花館本影印原書版框高一七一毫米寬一二六毫米

出版説明

《詞林正韻》三卷，《發凡》一卷，清戈載撰。載字寶士，一字孟博，號順卿，江蘇吳縣人。父宙襄，號小蓮，績學能文，著作甚富。載能世其家學，尤擅倚聲之業。清嘉慶十二年縣學生，選貢士，爲太學典簿。未履任，以詞學終老。畢生熟習宋人樂府，又能虚心折衷其至是。凡陰陽、清濁、九宫八十一調之變，辨析疑似無差失。蓋於宋人樂府，其源流升降，固了然於心手間。其自稱能辨陰陽，能分宫調，即姜夔集所列旁譜，當時詞家不甚明瞭，載能一一按管。數百年聚訟紛如望而却步者，載能大暢其理，爲世所重。綜其窮年致力之作，當推《詞林正韻》一書。發凡指迷，爲清中葉以後之詞家奉爲圭臬。所著《詞林正韻》外，有《翠薇花館詩集》二十卷、《詞集》三十九卷、《宋七家詞選》七卷，均有傳本行世。外此《吳縣志·藝文志》著錄，尚有《續絕妙好詞》、《樂府正聲》、《詞律訂》、《詞律補》等，俱佚無傳。

詞韻宋無專書，宋朱希眞曾作《應制詞韻》十六條，元陶宗儀欲爲更定，而其書久佚，無從揚搉。宋紹興間，有《菉斐軒詞韻》一書，清厲鶚嘗見之，其論詞絕句有「欲呼南渡諸公起，韻本重彫菉斐軒」之句。後江都秦恩復爲刻入《詞學全書》中，遂以此爲最古。然後人皆以此書爲北曲而設，因疑爲元、明之際僞託，習詞者多不依據。明清之際，沈謙、趙鑰、李漁，各有詞韻之作。又胡文煥之《文會堂詞韻》、許昂霄之《詞韻考略》、繼有述作。迨吳烺之《學宋齋詞韻》出，乾嘉詞人，尤多奉爲規律。顧諸家撰述，皆強作解事，未堪依據。至戈載之《詞林正韻》問世，精詣特出，於旋宮八十四調之旨，研討至深，宜於發凡中縷述精核，一掃前人陋習，自當奉爲金科玉律，實爲塡詞家所不可少。戈氏此書，初刊於道光元年，板旋燬失，後有重雕，不免魯魚。此本初刻初印，距今且百五六十年，已不易得。爰予影印，庶學詞者手此一編，有所遵循焉。

上海古籍出版社

一九八一年七月

道光元年刊

詞林正韻

翠薇花館藏版

吾友戈小蓮有才子曰順卿詞章學問稟受趨庭具
傳家法更於塡詞一事引而申之講求積年遂多神
悟每聞其言云詞之大要有二曰律曰韻病夫率爾
倚聲者都不以此爲事於是欲起而救正之各著一
書論韻者先成寫以示予發凡舉例詳哉言之皆探
索於兩宋名公周柳姜張等集以抉其閫奧包孕宏
富剖斷精微可謂心能通其故筆能暢其說者也此
書旣出非特從前詞韻各種之雲霧曠然盡埽將見
而今而後庶無落韻之詞已予向者治經餘暇亦復

涉獵於此間嘗思之詞之有韻與律殆猶庖者之柁其籩豆縫人之製其裳衣皆自有所謂一定不易必不至糅飯於肴紉領於袂也萬一或然焉則三尺豎子鮮不瞥見而即能爲之更正其失況握管塡詞往往列在名人才士豈其知反出若輩下哉何乃遵循矩矱屈指無幾承譌襲舛若是之踵相接也蓋其初以學爲苦以問爲恥久之遂流入於强不知以爲知而莫克自反凡事類然斯其一耳夫人難與慮始可與樂成前此之罔識適從勿論已今幸而分者合者

所寬所嚴某部某字釐然在目取而用之可以坐收不勞之獲明於計者自必翻然吾知世豈乏護前者亦當不敵遷善之衆也順卿此舉有功於詞洵不細矣其論律之書略已具藁能發前人所未發功可與論韻埒二書間或互相證明合而行之詞林指南於是乎備他日者編定見示不佞必又擊節賞歎曰正如某腹中所欲言一同今日也雖老矣尚願得而序之

道光辛巳七月一雲散人顧千里書於邗江旅次

余少喜爲倚聲之學凡花閒蘭畹諸集未嘗不沈淫于此爲之既久則益探求南北宋諸家之旨以自寫其性情至選韻與用律其合判與否未能信也余友戈子順卿工塡詞攷韻辨律尤極精當每遇吟讌時輒取同人詞爲之正誤如某作某字是某字非某句韻是律非某句律是韻非不少假借一時塡詞家翕然服之今年夏先出所著詞林正韻一書示余因得盡窺其體例部次門分字別始恍然其究心于此者深也今世操觚之士橫翔捷出動輒如意而究以音

韻往往流蕩無節求其諧聲合拍矩矱從心什不得一此順卿詞林正韻一書出之恨晚也其書發凡定例極博辯之雄見聞之卓亙以人狃于故習一旦欲挽流弊非剖析指證不能振聾起聵必且益討論之益折服之擺脫蹊徑而後俯就範圍否是則掉而不顧耳昔堯章論樂謂人須數十年不親樂器乃能變化氣質此以見去非就正之難茲則因其難而入于易也吾知此書一出家置一編不待菉斐軒韻本重雕而早已正學宋齋之失矣是爲序時

道光紀元辛巳孟冬上澣瑑卿弟董國琛拜識

一

二

詞林正韻三卷吳縣戈載順卿譔順卿慨塡詞之家用韻舛雜於是乎有作凡以正塡詞者之誤韻書中別出單行本也其作是書之旨與其所以爲論者備見順卿所自爲凡例中吾獨病今世士大夫稍知操翰莫不以詞自憙及乎糾正其得失則又諉爲小道無足深究夫誠有獨見其大者舍而弗爲可也既爲之矣而巧以自委是猶日在棊局之上而不知其有幾道也是書之作吾與沈君隱之實首發之顧皆卒卒無所成就順卿爲人多暇日參取李唐以來韻書

而一以兩宋詞人之所用爲斷又暢發陽羨萬氏入
聲有三聲之說而定其繆戾處由是從前諸家之號
爲詞韻者始得畢掃其雲霧而詞之有韻異于他文
且不與元人之所爲曲者相淆亂往吾與隱之持是
論時衆弗善也順卿旁引確證或遂信之天下無知
愚賢不肖類皆中錮於先入之言而積悔於事理明
達之後鄉之弗善吾論者諸家之說主之耳順卿作
爲是書人皆見之其不盡爲聾且瞶者可知也吾意
世固有深沈好學之士必將起而攻擊之攻擊不勝

而順卿之必無臆說又可知雖爲塡詞家小書卽後之言韻書者亦烏能廢是編乎陽羨萬氏所著詞律順卿嘗有所增損而正其缺失他日者更當出之以爲詞學之全也時辛巳長至日元和朱綬仲環氏序

二

吾友戈子順卿新輯詞林正韻成問序於予予於韻
學茫無所知若瞽者之倀倀行暗室然何敢序戈子
之書然旣受而讀之見其剖析微茫分合咸有依據
竊喜戈子之嘉惠後學苦心若是也則又不能無辭
乃序之曰詞學始于唐而盛於兩宋其時即用爲樂
章付之伶工被諸筦絃故必諧於聲律而後稱工自
元曲盛行而詞僅爲學士大夫餘暇所涉獵按調製
篇已詫博雅不復研究聲律而詞韻遂失傳此其受
病匪伊朝夕矣　國初以來詞韻專書雖有數家各

逞臆見罔合古人至學宋齋詞韻又失之太寬而爲近時所風行向嘗奉之爲金科玉律矣使不有戈子是書不幾終其身入於迷罔之路與夫爲事不究其原猶之勿爲也爲學不探其精猶之勿學也今之爲詞學者亦盛矣而或與之講求聲律以蕲合於古人所以付伶工被筦絃之遺意則謹謝不敏或且援古人以自解曰彼尚如是余何必尺寸不踰哉夫古人用韻之寬莫如張叔夏然此其病耳學古人者將病之是從與抑去其病之爲愈也今戈子之書出而海

內文人學士有志斯道者皆當爭奉爲圭臬卽向之
援古人以自解者宜亦思所變計矣豈非詞學之大
幸與嘉淦不敏昔嘗不甚措意於此自有此書今且
將揣聲協響以向所奉于學宋齋者改而奉戈子之
書焉庶乎其無謬戾已
道光元年歲在辛巳冬十一月吳嘉淦序

詞林正韻目錄

十一唐

上聲三講　三十六養

三十七蕩

去聲四絳　四十一漾

四十二宕

第三部

平聲五支　六脂

七之　八微

十二齊　十五灰

上聲四紙　五旨
六止　七尾
十一薺　十四賄
去聲五寘　六至
七志　八未
十二霽　十三祭
十四太半　十八隊
二十廢

第四部

平聲九魚　十虞

十一模

上聲八語　九噳

十姥

去聲九御　十遇

十一暮

第五部

平聲十三佳半　十四皆

十六咍

第六部

一　三

二十四痕

上聲十六軫　十七準

十八吻　十九隱

二十一混　二十二狠

去聲二十一震　二十二稕

二十三問　二十四焮

二十六慁　二十七恨

第七部

平聲二十二元　二十五寒

四

三十一襉　三十二霰

三十三線

第八部

平聲三蕭　四宵

五爻　六豪

上聲二十九篠　三十小

三十一巧　三十二皓

去聲三十四嘯　三十五笑

三十六效　三十七号

第九部

平聲七歌　八戈

上聲三十三哿　三十四果

去聲三十八箇　三十九過

第十部

平聲十三佳半　九麻

上聲三十五馬

去聲十五卦半　四十禡

第十一部

五

平聲十二庚　十三耕

十四清　十五青

十六蒸　十七登

上聲三十八梗　三十九耿

四十靜　四十一迥

四十二拯　四十三等

去聲四十三映　四十四諍

四十五勁　四十六徑

四十七證　四十八隥

第十二部

平聲十八尤　十九侯

二十幽

上聲四十四有　四十五厚

四十六黝

去聲四十九宥　五十候

五十一幼

第十三部

平聲二十一侵

上聲四十七寑
去聲五十二沁

第十四部

平聲二十二覃　二十三談
二十四鹽　二十五沾
二十六嚴　二十七咸
二十八銜　二十九凡

上聲四十八感　四十九敢
五十琰　五十一忝

第十五部

第十六部

入聲四覺　十八藥

十九鐸

第十七部

入聲五質　六術

七櫛　二十陌

二十一麥　二十二昔

二十三錫　二十四職

二十五德　二十六緝

第十八部

第十九部

八

詞林正韻目錄終

詞林正韻發凡

詞學至今日可謂盛矣然塡詞之大要有二一曰律一曰韻律不協則聲音之道乖韻不審則宮調之理失二者並行不悖韻雖較爲淺近而實最多舛誤此無他恃才者不屑拘泥自守而讓陋之士往往取前人之稍濫者利其疏漏苟且附和借以自文其流蕩無節將何底止予心竊憂之因思古無詞韻古人之詞卽詞韻也古人用韻非必盡歸畫一而名手佳篇不一而足總以彼此相符灼然無

弊者卽可援爲準的焉于是取古人之詞博考互
證細加辨晰覺其所用之韻或分或合或通或否
畛域所判瞭如指掌又復廣稽韻書裁酌繁簡求
協古音妄成獨斷凡三閱寒暑而卒事名曰詞林
正韻非敢正古人之譌實欲正今人之謬庶幾韻
正而律亦可正耳義例數條悉爲詳陳于左
詞始于唐唐時別無詞韻之書宋朱希眞嘗擬應制
詞韻十六條而外列入聲韻四部其後張輯釋之
馮取洽增之至元陶宗儀曾譏其淆混欲爲改定

而其書久佚目亦無自攷矣厲鶚論詞絕句有云
欲呼南渡諸公起韻本重雕菉斐軒注云曾見紹
興二年刊菉斐軒詞林要韻一冊分東紅邦陽十
九韻亦有上去入三聲作平聲者于是人皆知有
菉斐軒詞韻而又未之見近秦敦夫先生取阮芸
臺先生家藏詞林韻釋一名詞林要韻重爲開雕
題曰宋菉斐軒刊本而跋中疑爲元明之季謬託
又疑此書專爲北曲而設誠哉是言也觀其所分
十九韻且無入聲則斷爲曲韻無疑樊榭偶未深

究耳是欲輯詞韻前旣無可考而此書又不可據以爲本也　國初沈謙曾著詞韻略一編毛先舒爲之括略并註以東董江講支紙等標目平領上去而止列平上似未該括入聲則連兩字曰屋沃曰覺藥又似紛雜且用陰氏韻目刪併旣失其當則分合之界模糊不清字復亂次以濟不歸一類其音更不明晰舛錯之譏實所難免同時有趙鑰曹亮武均撰詞韻與去矜大同小異若李漁之詞韻四卷列二十七部以支微部分爲三曰支紙寘

曰圍委未曰奇起氣魚虞部分爲二曰魚雨御曰夫甫父家麻部分爲二曰家假駕曰嗟姐借覃鹽部分爲二曰甘感紺曰兼檢劒入聲則以屑葉爲一部厥月褐鈌爲一部物北爲一部撻伐爲一部以鄉音妄自分析尤爲不經至前此胡文煥文會堂詞韻平上去三聲用曲韻入聲用詩韻騎牆之見亦無根據近又有許昂霄緝詞韻考略亦以今韻分編平上去分十七部入聲分九部曰古通古轉曰今通今轉曰借叶自稱本樓敬思洗硯集中

之論大旨以平聲貴嚴宜從古上去較寬可參用古今入聲更寬不妨從今但不知所謂古今者何古何今而又何所謂借叶癡人說夢更不足道所幸者諸書俱未風行猶不至謬以傳謬今塡詞家所奉爲圭臬信之不疑者則莫如吳烺程名世諸人所著之學宋齋詞韻其書以學宋爲名宜其是矣乃所學者皆宋人誤處眞諄臻文欣魂痕庚耕淸靑蒸登侵皆同用元寒桓刪山先仙覃談鹽沾嚴咸銜凡又皆併部入聲則物迄入質陌韻合盍

業洽狎乏入月屑韻濫通取便䮒駁不堪試取宋
人名作讀之果盡若是之寬者乎且字數太略音
切又無分合半通之韻則臆斷之去上兩見之字
則偏收之種種跡繆其病百出不知而作貽誤來
茲莫此爲甚而復有鄭春波者繼作綠漪亭詞韻
以附會之羽翼之而詞韻遂因之大紊矣是古人
之詞具在無韻而有韻今人之韻成書有韻而無
韻豈不大可笑哉是書列平上去爲十四部入聲
爲五部共十九部皆取古人之名詞參酌而審定

之盡去諸弊非謂前人之書皆非而予言獨是也
不過求合于古一片苦心知音者自能鑒諒爾
詞韻與詩韻有別然其源即出于詩韻乃以詩韻分
合之耳詩韻自南齊永明時謝朓王融劉繪范雲
之徒盛爲文章始分平上去入爲四聲汝南周子
乃作四聲切韻梁沈約繼之爲四聲譜此四聲之
始而其書已久失傳隋仁壽初陸法言與劉臻顔
之推魏淵等八人論定南北是非古今通塞撰切
韻五卷唐儀鳳時郭知元等又附益之天寶中孫

悯諸人復加增補更名曰唐韻宋祥符初陳彭年
邱雝重脩易名曰廣韻景德四年戚綸等承詔詳
定考試聲韻別名曰韻略景祐初宋祁鄭戩建言
以廣韻爲繁略失當乞別刊定卽命祁戩與賈昌
朝同修而丁度李淑典領之寶元二年書成詔名
曰集韻是自切韻始而唐韻而廣韻而韻略而集
韻名雖屢易而其書之體例未易總分爲二百六
部獨用同用所注了然非特可用之于詩卽用之
于詞亦無不可也至江北平水劉淵師心變古一

切改併省至一百七部而元初黃公紹古今韻會因之又有陰氏時中時夫著韻府羣玉復併上聲之拯部存一百六部字亦刪剩八千八百餘字較廣韻十之四集韻僅十之二此卽今通行韻本考之于古鮮有合焉者矣卽以詞論灰咍本爲二韻灰可以入支微咍可以入皆來元魂痕本爲三韻元可以入寒刪魂痕可以入眞文卽佳泰卦三韻于詞有半通之例其字皆以切音分類各有經界分合自明乃妄爲刪併紛紜淆亂而塡詞者亦不

知所宗矣是書俱從舊目以詞盛于宋用宋代之書廣韻集韻稍有異同而集韻纂輯較後字最該廣近顧丈澗蘋以曹通政寅所刊宋氏傳鈔本漸巳損泐重爲補完得還舊觀更可據依因以集韻爲本而字之次字之音俱從焉

詞韻與曲韻亦不同製曲用韻可以平上去通叶且無入聲如周德淸中原音韻列東鍾江陽等十九部入聲則以之配隸三聲例曰廣其押韻爲作詞而設以予推之入爲瘂音欲調曼聲必諧三聲故

凡入聲之正次清音轉上聲正濁作平次濁作去
隨音轉協始有所歸耳高安雖未明言其理而予
測其大略如此實則宋時已有中州韻之書載嘯
餘譜中不著撰人姓氏而凡例謂爲宋太祖時所
編毛馳黃亦從其說是高安已有所本明范善溱
又撰中州全韻　國初李書雲有音韻須知王鵕
有音韻輯要此又本高安而廣之者至詞林韻釋
與中原音韻亦同而標目大異如東鍾則曰東紅
魚模則曰車夫桓歡則曰鸞端之類要其爲十九

部以入聲配三聲則一也此皆曲韻也蓋中原音韻諸書支思與齊微分二部寒山桓歡先天分三部家麻車遮分二部監咸廉纖分二部于曲則然于詞則不然況四聲缺入聲而詞則明明有必須用入之調斷不能缺故曲韻不可爲詞韻也惟入聲作三聲詞家亦多承用如晏幾道梁州令莫唱陽關曲曲字作邱雨切叶魚虞韻栁永女冠子樓臺悄似玉玉字作于句切又黄鶯兒暖律潛催幽谷谷字作公五切皆叶魚虞韻晁補之黄鶯兒兩

兩三三修竹竹字作張汝切亦叶魚虞韻黃庭堅鼓笛令眼厮打過如拳踢踢字作他禮切叶支微韻辛棄疾醜奴兒慢過者一霎霎字作雙鮓切叶家麻韻杜安世惜春令悶無緒玉簫抛擲擲字作征移切叶支微韻張炎西子妝漫遥岑寸碧碧字作邦彼切亦叶支微韻又徵招換頭京洛染緇塵洛字須韻作郎到切叶蕭豪韻此皆以入聲作三聲而押韻也又有作三聲而在句中者如歐陽修摸魚子恨入去寂寂鳳枕孤難宿寂寂叶精妻切

栁永滿江紅待到頭終久問伊著著字叶池燒切

又望遠行斗酒十千十字叶繩知切蘇軾行香子

酒斟時須滿十分周邦彥一寸金便入漁釣樂十

字十字同李景元帝臺春憶得盈盈拾翠侶拾字

亦同周邦彥又有瑞鶴仙正値寒食値字叶征移

切秦觀望海潮金谷俊游谷字叶公五切又金明

池才子倒玉山休訴玉字叶語居切吴文英無悶

鸞駕弄玉玉字同黃庭堅品令心下快活自省活

字叶華戈切辛棄疾千年調萬斛泉斛字叶紅姑

切呂渭老薄倖攜手處花明月滿月字叶胡靴切姜夔暗香舊時月色吳文英江城梅花引帶書傍月自鉏畦兩月字同万俟雅言梅花引家在日邊日字叶人智切又三臺餳香更酒冷踏青路踏字叶當加切方千里瑞龍吟暮山翠接接字叶茲野切又倒犯樓閣參差簾櫳悄閣字叶岡懊切陳允平應天長曾慣識凄涼岑寂識字叶傷以切周密醉太平眉消額黃額字叶移介切諸如此類不可悉數故用其以入作三聲之例而未仍列入聲五

部則入聲旣不鈌而以入作三聲者皆有切音八
亦知有限度不能濫施以自便矣
凡字有義有音義之訓釋宜詳略則反多掛漏是書
欲其淸簡易尋不亂心目故皆不注至音則必不
可少音者何反切是也自來論反切者皆謂從三
十六字母攝入得其紐卽得其音字母者自見溪
羣疑以至影喻來日共三十六字或謂釋神珙撰
或謂僧守溫撰或謂大唐舍利創字母後溫首座
益以娘牀幫滂微奉六母其說不一要皆爲唐宋

九

閒之書何則神珙反紐圖自序內稱唐有甯陽公南陽釋處忠撰元和韻譜則珙爲憲宗以後之人可知斷不能指爲北魏矣若反切實始于魏孫炎顔之推家訓張守節史記正義皆曰孫炎剙立反語崇文目敘曰孫炎始作字音于是有音韻之學其時初無字母也至司馬溫公始作切韻指掌圖列三十六字母清濁分配等第交互七音具明並未言及本之西域可見三十六字母皆爲華音不得以華嚴四十二字母遂混而同之也後金皇統

年閒有荆璞善達聲音將三十六字母添入韻中隨母取切泰和初韓道昭重爲改併撰五音集韻元劉鑑又有切韻指南皆以字母分等葢旣有字母卽可取以考證反切耳反切者卽牙舌脣齒喉之分以上下兩字相合而成音上字主出音求之別韻辨其呼音之清濁而以入聲翻起先類其字繼歸其母後合其紐所謂雙聲是也下字主收音求之本韻清濁互用如宮用角清角用宮清徵用變徵變徵用徵清商清次清次濁並用次清次音

次清次用次濁音正濁用淸音次商淸濁並用變
商變商用次商淸音羽淸濁並用本次濁音次濁
用淸音次羽淸濁互用凡有闕字循序借補或純
用宮淸亦可所謂疊韻是也反切旣得則其音以
正其類以明不獨易于纂集且易于檢尋實則最
易于識字耳是書切音俱從集韻集韻與廣韻不
同廣韻亦多誤注以不宗廣韻不備論論集韻之
誤者如至韻位字作于累切累非本韻隊韻塊字
作苦會切會非本韻廢韻乂字作魚刈切刈即本

十

音虞韻輸字樞字皆作春朱切春巳是春字之譌同切有誤欣韻勤字作渠巾切巾非本韻霰韻縣字作熒絹切絹非本韻乃係餉字之譌而下餉字作集絹切亦誤效韻趠字作敕此切櫂字作直此切橈字作女也切尤誤之易見者庚韻盲字作眉耕切鎗字作楚耕切耕非本韻清韻跉字作離身切更誤映韻慶字作邱正切正非本韻黝韻糾字作吉酉切酉非本韻儼韻儼字作魚檢切檢非本韻質韻姞字作極又切其誤亦顯末韻末字作莫

葛切葛非本韻乃一一皆從廣韻改正至拯韻拯字廣韻集韻俱注無韻切音蒸上聲茲從韻略補凡韻凡字廣韻集韻俱作符咸切咸非本韻茲從廣韻後添類隔更音和切改正又支微部內太半韻貝字作博蓋切霈字作普蓋切皆咍部內卦半韻派字作普卦切粺字作旁卦切今旣分部便非本韻故從中原音韻改家麻部內佳字同其入聲作三聲之字亦俱從中原音韻其餘有或從避或從便者閒亦參用廣韻就是書而論音切庶幾無

慽與
集韻與廣韻標目亦有異同如第一部上聲一董廣作董第三部去聲十四太廣作泰第四部上聲九噳廣作麌第六部去聲二十六圂廣作慁第八部平聲五爻廣作肴第十一部去聲四十八隥廣作嶝第十四部平聲二十五沾廣作添去聲五十六栝廣作㮇五十七驗廣作釅五十九監廣作鑑第十八部入聲八勿廣作物十五舝廣作鎋三十帖廣作怗此領韻之字易而其韻未易若第十四部

之二十六嚴廣在二十八二十七咸廣在二十六
二十八銜廣在二十七第十九部之三十一業廣
在三十三三十二洽廣在三十一三十三狎廣在
三十二則并其全韻亦易位置因詞韻旣別分部
升降無礙故皆從集韻其餘之仙作僊獮作⿰犭璽篠
作筱拯作抍敢作𢽾此皆字形之異其義無別則
仍書習見之字取其便覽唯十四部上聲第五十
韻恭避
廟諱以同類之⿰⻊炎字領焉至其同用獨用本亦有異廣韻

隊代同用廢獨用集韻則隊與代廢通廣韻問焮
皆獨用集韻則問與焮通廣韻鹽添同用咸銜同
用嚴凡同用集韻則鹽與沾嚴通咸與銜凡通廣
韻鑑梵同用集韻則陷與鑑梵通廣韻葉帖同用
洽狎同用業乏同用集韻則葉與帖業通洽與狎
乏通詞韻併部通用之寬更有甚于集韻者然隊
與代葉與業實不同部故分之而仍從其目歸一
例也
集韻與廣韻之字次第不同而所入之韻亦有彼此

如第六部真韻之因寅巾銀醫五類集韻入諄而因切伊真寅切夷真巾切居銀銀切魚巾醫切於巾下字皆在真韻且上份貧之切音郎取巾字故從廣韻移入又有贇筠囷麕四類集韻入諄切音俱合而廣韻入真其注仍作於倫爲贇去倫居筠四切則與真韻不合矣故從集韻上聲軫韻內[木盡]盡牝泯愍紖緊引磒窘十類集韻本入準韻吻韻內僅字一類本入隱韻去聲震韻內儐信晉燼櫬酳鎮陣吝鼓印釁僅憖十四類本入稕韻問韻內

運訓捃郡醞五類本入焮韻圂韻內奔噴坌悶巽寸焌七類本入恨韻第七部上聲旱韻內散鬢瓚亶坦但嬾七類本入緩韻去聲翰韻內繖粲贊旦炭憚爛難八類本入換韻第九部平聲歌韻內娑蹉醝多他駝羅那八類本入戈韻第十二部平聲尤韻內謀字一類本入侯韻第十四部上聲琰韻內貶字一類本入儼韻第十八部入聲勿韻內屈掘倔鬱四類本入迄韻凡此皆切音不合從廣韻移正又第十二部去聲幼韻內謬字一類集韻在

宥注眉救切不誤而幼字注伊謬切與廣韻同是謬字宜入幼韻廣韻爲是也第十七部入聲麥韻内獲字集韻在陌注胡陌切亦不誤而麥韻有莫獲古獲口獲等切則獲字宜入麥韻與畫一類亦廣韻爲是也故皆從廣韻唯十四部平聲廣韻鹽添同用銜咸同用添韻之字共十類其切音取兼字者五取咸字者五兼字在銜韻咸字更別爲韻首一韻之切音全不合咸字切音取讒字而讒字乃在添韻又非本韻集韻兼字在沾即添韻讒字

在咸韻則皆合矣去聲驗韻內欠字劒字廣韻俱
入梵韻而驗韻脅字注許欠切劒字切音亦取欠
字是欠字劒字宜入驗韻皆集韻爲是也此種在
詞韻既經併部爲彼爲此本屬兩可然字之切音
最爲緊要不可混亂故必辨而晰之不辭謬妄輒
爲改正以見謹嚴
集韻之字有一字數音者有一字一音而數義者有
散見數韻而其義同者有收入一韻見數次而其
義亦同者葢其書原爲廣采字音不欲遺漏且因

古人之讀字各有不同耳是書於韻中音異而義
亦異者則並收之若音異而義不異則隨其切音
之宜古宜今者收之不以其次之先後也

十五 詞之爲道最忌落腔落腔者卽丁仙現所謂落韻也
姜白石云十二宮住字不同不容相犯沈存中補
筆談載燕樂二十八調殺聲張玉田詞源論結聲
正訛不可轉入別腔住字殺聲結聲名雖異而實
不殊全賴乎韻以歸之然此第言收音也而用韻
之喫緊處則在乎起調畢曲蓋一調有一調之起

有一調之畢某調當用何字起何字畢起是始韻畢是末韻有一定不易之則而住字殺聲結聲卽由是以別焉詞之諧不諧恃乎韻之合不合韻各有其類亦各有其音用之不紊始能融入本調收足本音耳韻有四呼七音三十一等呼分開合音辨宮商等敘清濁而其要則有六條一曰穿鼻二曰展輔三曰斂脣四曰抵齶五曰直喉六曰閉口穿鼻之韻東冬鍾江陽唐庚耕清青蒸登三部是也其字必從喉間反入穿鼻而出作收韻謂之穿

鼻展輔之韻支脂之微齊灰佳半皆咍二部是也其字出口之後必展兩輔如笑狀作收韻謂之展輔斂脣之韻魚虞模蕭宵爻豪尤侯幽三部是也其字在口半啓半閉斂其脣以作收韻謂之斂脣抵齶之韻眞諄臻文欣魂痕元寒桓刪山先仙二部是也其字將終之際以舌抵著上齶作收韻謂之抵齶直喉之韻歌戈佳半麻二部是也其字直出本音以作收韻謂之直喉閉口之韻侵覃談鹽沾嚴咸銜凡二部是也其字閉其口以作收韻謂

之閉口凡平聲十四部已盡於此上去卽隨之惟
入聲有異耳入聲之本體後有論四聲表在亦可
類推至其叶三聲者則入某部卽從某音總不外
此六條也明是六者庶幾韻不假借而起畢住字
無不合矣又何慮其落韻乎
楊纘有作詞五要第四云要隨律押韻如越調水龍
吟商調二郎神皆合用平入聲韻古詞俱押去聲
所以轉摺怪異成不祥之音昧律者反稱賞之眞
可解頤而啓齒也楊纘字守齋蘋洲漁笛譜中所

稱紫霞翁者卽是諸詞書引之爲楊誠齋誤也守齋洞曉音律常與草窗論五凡工尺義理之妙未按管色早知其誤草窗之詞皆就而訂正之玉田亦稱其持律甚嚴一字不苟作觀其所論可見矣予嘗卽其言而推之詞之用韻平仄兩途而有可以押平韻又可以押仄韻者正自不少其所謂仄乃入聲也如越調又有霜天曉角慶春宮商調又有憶秦娥其餘則雙調之慶佳節高平調之江城子中呂宮之柳梢青仙呂宮之望梅花聲聲慢大

石調之看花回兩同心小石調之南歌子用仄韻者皆宜入聲滿江紅有入南呂宮有入仙呂宮入南呂宮者即白石所改平韻之體而要其本用入聲故可改也外此又有用仄韻而必須入聲者則如越調之丹鳳吟大酺越調犯正宮之蘭陵王商調之鳳皇閣三部樂霓裳中序第一應天長慢西湖月解連環黃鐘宮之侍香金童曲江秋黃鐘商之琵琶仙雙調之雨霖鈴仙呂宮之好事近蕙蘭芳引六么令暗香疏影仙呂犯商調之淒涼犯正

平調近之淡黃柳無射宮之惜紅衣正宮中呂宮之尾犯中呂商之白苧夾鐘羽之玉京秋林鐘商之一寸金南呂商之浪淘沙慢此皆宜用入聲韻者勿概之曰仄而用上去也其用上去之調自是通叶而亦稍有差別如黃鐘商之秋宵吟林鐘商之清商怨無射商之魚游春水宜單押上聲仙呂調之玉樓春中呂調之菊花新雙調之翠樓吟宜單押去聲復有一調中必須押上必須押去之處有起韻結韻宜皆押上宜皆押去之處不能一一

臚列唐段安節樂府雜錄有五音二十八調之圖平聲羽七調上聲角七調去聲宮七調入聲商七調上平聲調爲徵聲以五音之徵有其聲無其調故祇二十八調也所論皆塡腔叶韻之法更有商角同用宮逐羽音之說可與紫霞翁之言相發明作者宜細加攷覈隨律押韻更隨調擇韻則無轉摺怪異之病矣

宋人詞有以方音爲叶者如黃魯直惜餘歡閣合同押林外洞仙歌鎖考同押曾覿釵頭鳳照透同押

劉過轆轤金井澀倒同押吳文英法曲獻仙音冷向同押陳允平水龍吟草騍同押此皆以土音叶韻究屬不可爲法中原音韻諸書則以庚耕清之橫烹棚縈兄轟萌瓊登韻之崩朋甍肱等字俱入東鍾尤韻之罘蜉入魚虞此在中州音則然止可施之于曲詞則無有用者唯有借音之數字宋人多習用之如柳永鵲橋仙算密意幽歡盡成辜負負字叶方佈切辛棄疾永遇樂憑誰問廉頗老矣尚能飯否否字叶方古切趙長卿南鄉子要底圓

兒糖上浮浮字叶房逋切周邦彥大酺況蕭索青
蕪國國字叶古六切潘元質倦尋芳待歸來碎揉
花打打字叶當雅切姜夔疎影但暗憶江南江北
北字叶逋沃切韓玉曲江秋亦用國北叶屋沃韻
吳文英端正好夜寒重長安紫陌陌字叶末各切
燭影搖紅相間金茸翠畝畝字叶忙補切蔣捷女
冠子羞與鬧蛾兒爭耍耍字叶霜馬切之類略舉
數家已見一斑相沿至今旣有音切便可遵用故
一一補于各韻之末註增補二字以別之此補音

也復有補字者則太韻之奈字山韻之孱字耕韻之瞪字鐸韻之艧字盍韻之塔字皆從廣韻補集韻之所無又如麻韻之靴字寑韻之怎字沁韻之森字嚴韻之忺字德韻之冒字合韻之匼字則集韻廣韻俱無兹從韻會補入韻中應有之字故不標出增補損益之閒或得其當與

詞韻分部必以平領上去者以詞有平仄互叶之體也平聲有陰陽之別卽以韻目之字言之如東江支灰則爲陰微魚文寒則爲陽陰陽分而淸濁判

焉張玉田詞源會論寄閒集按之歌譜聲字皆協稍有不諧卽爲改正嘗作惜花春起早云鎖窗深深字歌之不協改爲幽字又不協再改爲明字乃協此三字皆平聲胡爲若是蓋因五音有脣齒喉舌鼻分輕清重濁之故玉田所謂清濁卽陰陽也明字爲陽深幽爲陰故歌時不同耳予謂平聲之陰陽一定之法士稍習四聲者卽能辨之況中原音韻已爲分列爲曲而設不得不然若作詞而欲付歌喉則凡古調皆有古人名作字字遵而用之

自能合律是書爲正韻而作專嚴分合正不必宗
高安之例剖析諸韻改頭換面也上去自來通用
無須變更唯上與去其音逈殊元和韻譜云上聲
厲而舉去聲淸而遠相配用之方能抑揚有致故
詞中之宜用上宜用去宜用上去宜用去上有不
可假借之處關係非淺細心參攷自無混施之病
至字有去上兩見者爲體爲用大有區別若祗一
收則字旣不全不備且凡古人名作其斟酌出之
者皆忽略視之矣不幾失古人之用心乎故凡兩

見者皆兩收之以隨作者之審擇焉
四聲之中入聲最難分別中原音韻以入作三聲有
者惟支微魚虞皆來蕭豪歌戈家麻尤侯七部其
音卽隨部轉叶此入聲而非入聲也若四聲表之
以入分配則有無相反其說亦微有不同就詞韻
而論莫如以屋沃燭爲東鍾之入聲覺藥鐸爲江
陽之入聲質術櫛爲眞文之入聲勿迄月沒曷末
黠㸫屑薛葉帖爲寒删之入聲陌麥昔職德爲庚
青之入聲緝爲侵尋之入聲合盍業洽狎乏之爲覃

鹽之入聲其餘七部皆無則至當不易與前所論之穿鼻展輔六條不相乖而適相配矣合之高安之七部有入聲而入聲不于是全乎其餘韻書之論入聲者亦不一其說顧炎武有古音表柴紹炳有古韻通略江永有古韻標準分配互異各有當否而皆非所施於詞唯毛先舒所撰曲韻似有與詞合者如一屋單用二質七陌八緝通用五屑十葉通用亦可單用此爲南曲而設南曲卽本乎詞其于宋詞之用韻信乎殊流而同源至以三曷六

藥通用四轄九合通用則又與詞不合矣是書入聲分列五部歷觀古人名詞無有出此範圍者耳毛先舒之曲韻所分一屋二質韻目乃本洪武正韻也洪武正韻明太祖詔宋濂諸臣爲之共十六卷註釋依毛晃父子禮部韻略之舊而韻則僅七十六部併者十之七析者十之三如一東則併冬鍾二支則併脂之而未全三齊則仍舊而以支之離褵等字併入棃蔾類以脂之之肌姬微之機譏等字併入雞稽類四魚以虞韻併入五模則另爲一

韻而以魚之初入芻蔬入蘇六皆則併咍韻七灰另爲一韻而以支之逶萎入猥類微之輝翬入灰類支之規微之歸齊之圭則併爲一類餘若眉垂錐綏爲帷葵衰誰吹等字俱併入焉入眞則併諄臻文欣魂痕九寒則析出餐闌殘單灘檀難等字入刪韻而十刪增入翻煩等字十一先增入軒暄袁元等字十二蕭則併宵韻十三爻則併豪韻十四歌則併戈韻麻則析之爲二曰十五麻十六遮十七陽則併江唐十八庚則併耕清青蒸登十九

尤則併侯幽二十侵仍舊二十一覃則併談咸銜凡二十二鹽則併沾嚴上去亦各二十二韻皆隨平韻入聲卽前毛氏曲韻之目與諸韻書面目大改而于詞韻則相近若冬鍾入東江唐入陽咍入皆元入刪先魂痕入眞之類漁洋山人曾論此書與宋詞暗合塡詞家所當援据是也然所併之韻尙多不同如以支齊灰分爲三寒刪先分爲三蕭爻分爲二覃鹽分爲二虞既入魚而與模仍別麻遮本合而反列兩部此皆不可卽據爲詞韻也況

韻目變易字數錯亂古意蕩然無存矣是書于分
部之下但合其韻以示通用舊目舊次俱未移動
俾作者通用之則爲詞專用之則仍可以爲詩非
曰一書具兩書之用實不敢蔑古耳
詩韻分部甚嚴而許景宗曾議其韻窄奏請合用宋
景祐時詔國子監以禮部韻略其韻窄者許令附
近通用故有同用獨用之目至詞家則合而用之
者更寬卽由此意而推廣之耳若謂詞韻之合用
卽本古韻之通轉則非也古韻通轉始于武夷吳

棫韻補一書其例言謂皆集韻諸書所不載或載而訓義不同或註釋未收者則補之徐蕆之序稱其淵原精確朱子亦閒取之以叶三百篇之音然其所注通轉頗多疎舛如文曰古轉眞是以通爲轉也魂曰古轉眞痕曰古通眞是同類而一作通一作轉也覃談鹽沾嚴咸銜凡亦同類而曰覃古通刪談古通覃鹽古通先沾古通鹽咸銜古通刪嚴古通先凡古通嚴且平之元曰古通眞平之覃曰古通刪上之感曰古通銑去之願曰古通霰是

平上去三聲前後不同也此不獨施之于詩有所不合卽詞亦不可遵而用之其後鄭庠有古音辨亦論通轉乃分爲六部東冬鍾江陽唐庚耕清青蒸登皆協陽音支脂之微齊佳皆灰咍皆協支音眞諄臻文欣元魂痕寒桓删山先仙皆協先音魚虞模歌戈麻皆協虞音蕭宵爻豪尤侯幽皆協尤音侵覃談鹽沾嚴咸銜凡皆協覃音所論皆古韻與詞韻之分合絕不相蒙勿謂吳鄭皆宋人可據爲則故併論及之若明郭正域所輯之韻經就才

老之韻補增數韻于平水韻中共一百十六部題曰梁沈約休文撰類宋夏竦子喬集古吳棫才老補叶明楊慎用修轉注其謬有不可勝言者魏李登著聲類十卷其書已亾沈約但撰四聲譜不聞撰類吳棫韻補言通言轉而未嘗言叶夏竦有古文四聲韻多據汗簡作篆文今皆楷書與古文何涉楊慎則有轉注古音略一書淺陋不堪何足援引乃以吳棫韻補序楊慎轉注古音略序冠于首更爲矯詐無理僞書之尤甚者已

詞韻較之詩韻雖寬要各有界域前所論之六條是也異哉毛奇齡之言曰詞韻可任意取押支可通魚魚可通尤眞文元庚青蒸侵無不可通其他歌之與麻寒之與鹽無不可轉入聲則一十七韻展轉雜通無有定紀毛氏論韻穿鑿附會本多自我作古不料喪心病狂敗壞詞學至于此極夫古人所作豈無偶誤然名家雅製正復不少誤者居其一不誤者居其九予不解學古之人何以不學其多者而必學其少者且不學其是者而必學其非

者乎自喜泛濫而反借古人以爲文過豈不可笑豈不可嘆是書所分十九部一以唐宋諸名家爲據無敢稍縱實則至長之調二百餘字者不過二十餘韻若習用之調百字左右者不過十韻左右取材本韻已甚有餘而無不足又何必廣爲通轉乎

作詞字眼不貴生澀怪誕押韻亦然則不經見之字誠可不收然又不容太略如瑪瑙之瑪茱萸之茱翡翠之翡瀉鷞之瀉徘徊躑躅之徘躑此類甚多

學宋齋緣漪亭諸書皆在所不收第不能施于韻脚而字則習用既用矣平仄烏可不知故皆采入其餘見于經傳典雅可用之字亦收一二唯奇僻過甚者仍從刪削共得一萬二千九百九十九字不過集韻十之二耳似亦不病其煩重也

夫著書立說豈易言哉以予庸才陋識何敢有所撰述貽譏謬妄惟自揣音韻之學幼承庭訓嘗見家君與錢竹汀先生講論娓娓不倦予于末座時竊緒餘　家君著有韻表互考併韻表韻類表字

母彙考字母會韻紀要諸書予皆謹謹校錄故于韻學之源流升降異同得失頗窺門徑近又承顧丈澗蘋談讌之餘指示不逮更稍稍能領其大略焉至倚聲之事致力已十數年凡昔人之詞集詞選無不徧求而讀之曾輯六十家詞選八家詞選六十家者卽從汲古閣名家詞六集中選出八家者周美成史邦卿姜堯章吳君特陳君衡周公謹王聖與張叔夏也其餘自唐五代以迄元明有樂府正聲十二卷　國朝詞則效弁陽之例纂續絕

妙好詞譜則萬氏最爲精審而猶多闕略由其所見之書少且律呂不明也予有訂定詞律之舉而尙未蕆事凡在舊編閒多新得卽詞之用韻亦藉此參互考訂引伸觸類而知之耳用敢直抒所見編輯成書同好慫恿勉付梓人誠知麤直性成指陳或過不免開罪于曩哲亦恐獲愆于時流第志在合古不得不攻摘瑕疵以歸中正實慮譌誤淆混之處沿習既久沈溺難返韻學不明詞學亦因之而衰矣故凡糾正之公心並非譏彈之私意伏

望海內君子采一家之言為千慮之得恕其愚戇
教其罣漏則幸甚矣時
道光元年歲在辛巳孟夏之月朔日順卿戈載識

一

无

詞林正韻卷上

吳縣戈　載順卿輯

第一部

平聲　一東二冬三鍾通用

東都籠切 涷 蝀 䍶 通他東切 蓪 侗 恫 狪 [illegible]

[illegible] 同徒東切 童 僮 侗 曈 瞳 銅 峒 桐

橦 絧 罿 䑋 筒 筩 穜 蕫 潼 烔

衕 鮦 [illegible] 犝 [illegible] 酮 氃 戙 籠盧東切 櫳

聾 嚨 曨 朧 襱 龓 瓏 礱 瀧 蠪

龐 蓬蒲蒙切 芃 篷 韸 髼 韼 蒙謨蓬切 幪 濛

雺 朦 矇 饛 ⿰馬蒙 蠓 懵 ⿰言蒙 怱粗叢切 聰

葱 ⿰車悤 繱 騘 㚇祖叢切 騣 鬉 豵 猣 鯼

蝬 椶 稯 緵 嵏 嵸 ⿰㚇殳 朡 叢祖聰切 藂

潨 洪胡公切 葓 篊 紅 鴻 魟 虹 訌 渱

烘呼公切 空枯公切 箜 崆 倥 悾 椌 涳 公沽紅切 工

功 攻 釭 玒 蚣 翁烏公切 螉 嗡 豐敷馮切 酆

灃 僼 麷 風方馮切 楓 瘋 馮符風切 渢 堸 瞢謨中切

儚 嵩思融切 崧 娀 菘 充昌嵩切 珫 ⿰忄充 ⿰衤充 浺

終之戎切 螽 衆 戎而融切 駥 狨 絨 茙 崇鉏弓切 漴

中陟隆切 衷 忠 忡敕中切 沖 盅 翀 蟲持中切 爞 沖

隆良中切 癃 窿 䃧 霳 融余中切 瀜 肜 雄胡弓切 熊

弓居雄切 躬 躳 宮 穹邱弓切 芎 窮渠弓切 藭

冬都宗切 霘 彤徒冬切 𢥞 鼕 農奴冬切 噥 𩅽 憹 儂

膿 襛 鬆蘇宗切 宗祖賨切 棕 賨徂宗切 悰 琮 淙 鬃

鍾諸容切 鐘 彸 妐 忪 鈆 舂書容切 摏 踳 惷

鰆 衝昌容切 憧 鱅常容切 慵 茸如容切 𦳣 𣯽 𣰈 媶

蜙思恭切 淞 凇 樅七恭切 鏦 瑽 㧐 縱將容切 蹤 松祥容切

從牆容切蹤　丰敷容切夆蜂鋒桻烽峯封方容切
葑葑逢符容切縫傭凝凶切[illegible]重傳容切蝩龍力鐘切龍
醲尼容切濃襛穠鬞容餘封切[illegible]褣庸鄘
鎔鏞槦榕蓉溶墉瑢鱅鰫
[illegible]跫邱恭切恭居容切龔供共珙匈許容切胷凶
詾洶邕於容切廱雝癰噰饔灉癰
禺魚容切禺喁鰅蛩渠容切蛬邛筇

仄聲　一董二腫一送二宋三用通用

上聲

二

董覩動切 董 蝀 懂 侗吐孔切 桶 恫 動杜孔切 㖦 峒

籠魯孔切 攏 琫補孔切 玤 蜯 俸 唪 菶 埄 蠓母總切

曚 矇 懵 幪 捅損動切 總祖動切 鬆 傯 檧 猣

蓯 鬷 從 嗊虎孔切 孔苦動切 空 澒戶孔切 蓊鄔孔切 䨴 滃

螉 塕 䈵 菶蒲蠓切 䫹

腫主勇切 種 踵 尰豎勇切 宂乳勇切 氄 㲓 竦筍勇切 悚 慫

聳 駷 捧撫勇切 冢展勇切 湩 寵丑勇切 隴魯勇切 壠 甬尹竦切 埇

勇 踊 慂 俑 衜 湧 蛹 洶詡拱切 詾 恐丘勇切

拱古勇切 珙 鞏 栱 䂬 擁委勇切 壅

去聲

送（蘇弄切）松 糉（作弄切）傯 緵 㚇 鯼 䡯 凍（多貢切）涷

棟 蝀 痛（他貢切）洞（徒弄切）峒 詷 慟 恫 弄（盧貢切）哢

齈（奴凍切）癑 哄（胡貢切）閧 控（苦貢切）鞚 空 貢（古送切）贛 ⿷匚贛

⿰犭工 戇 ⿱艹貢 甕（烏貢切）幪（蒙貢切）霿 夢（莫鳳切）瞢 賵（撫鳳切）諷（方鳳切）

鳳（馮貢切）衆（之仲切）眾 ⿱竹烘（呼貢切）嗊 中（陟仲切）仲（直衆切）

宋（蘇綜切）綜（子宋切）統（他綜切）⿱隆石（曾宋切）⿰口動（胡宋切）湩（冬宋切）

用（余頌切）俸（房用切）縫 葑（芳用切）縱（足用切）瘲 頌（似用切）誦 訟 從（才用切）

種（朱用切）踵 重（儲用切）緟 恐（欺用切）供（居用切）拱 共（渠用切）雍（於用切）灉

三

甕

第二部

平聲　四江十陽十一唐通用

江古雙切 茳 豇 扛 杠 矼 釭 腔枯江切 椌 跫

降胡江切 缸 洚 邦悲江切 梆 垹 龐皮江切 䜶 逄 尨莫江切

厐 駹 蛖 䵨 哤 雙疎江切 艭 䉶 𨇅 𨇝

窗初江切 摐 鏦 淙鉏江切 漴 椿株江切 幢傳江切 撞 瀧閭江切

陽余章切 暘 煬 揚 徉 佯 洋 鍚 瘍 颺

楊 鴹 羊 垟 禓 芳敷方切 妨 方分房切 坊 肪

四
祊 枋 鴋 蚄 房符方切 防 魴 亡武方切 忘 望
杗 鋩 襄思將切 緗 纕 瓖 驤 相 廂 箱
蘘 瀼 湘 鑲 蠰 瑲千羊切 鏘 將 槍 蹌
斨 牄 嗆 鶬 將資良切 漿 蔣 螿 詳徐羊切 祥
牂 庠 翔 牆慈良切 檣 戕 嬙 薔 商尸羊切 鬺
傷 殤 湯 [illegible] 螪 昌蚩良切 倡 閶 猖 菖
鯧 [illegible] 章諸良切 彰 嫜 璋 墇 漳 樟 麞
常辰羊切 裳 嘗 徜 償 鱨 [illegible] 穰如陽切 禳 鬤
攘 懹 纕 瓤 瀼 躟 勷 霜師莊切 孀 驦

鸘 創(初良切) 瘡 愴 莊(側羊切) 粧 裝 奘 牀(仕莊切) 張(中良切)

粻 漲 ⿱艹昜(抽良切) 倀 瞠 ⿱長食 長(仲良切) 腸 場 萇

良(呂張切) 量 糧 粱 梁 涼 凉 ⿵風京 ⿰足梁 駺

娘(尼良切) 香(虛良切) 薌 鄉 膷 麘 羌(墟羊切) 蜣 薑(居良切) 疆

姜 僵 殭 橿 韁 ⿰虫畺 強(渠良切) ⿰魚畺 央(於良切) 姎

鞅 鴦 鉠 泱 秧 ⿱雨央 怏 王(雨方切) ⿰忄㞷 ⿰食㞷

⿰彳㞷 匡(曲王切) 筐 恇 劻 眶 狂(渠王切) ⿰氵狂

唐(徒郎切) 餹 堂 塘 溏 篖 棠 ⿰鼠唐 ⿰魚唐 螗

螳 碭 當(都郎切) 襠 璫 鐺 簹 艡 湯(他郎切) 蕩

五

鏜 郎（盧當切） 廊 閬 哴 踉 浪 峎 硠 琅
鋃 蓈 筤 稂 桹 榔 狼 駺 蜋 囊（奴當切）
蠰 幫（逋旁切） 㨍 彭 滂（鋪郎切） 雱 磅 旁（蒲光切） 傍 𨂽
芒（謨郎切） 茫 邙 蘉 盳 桑（蘇郎切） 喪 𩧊 倉（千岡切） 蒼
滄 鶬 臧（茲郎切） 贓 牂 藏（慈郎切） 穅（邱岡切） 康 慷 岡（居郎切）
剛 鋼 綱 亢 犅 迒 𦱤 卬（魚剛切） 昂 𩢍
枊 航（寒剛切） 杭 行 桁 𦐄 吭 頏 蚢 汪（烏光切）
眶 㠩（呼光切） 荒 慌 肓 衁 㡛 𦄰 光（姑黃切） 洸
胱 桄 黃（胡光切） 皇 媓 遑 徨 惶 喤 鍠

瑝璜簧篁餭煌堭隍潢湟

艎凰騜鱑蝗鷬

仄聲　三講三十六養三十七蕩四絳四十一

漾四十二宕通用

上聲

講古項切 港 耩 擃虎項切 項戶講切 缿 棒部項切 玤 蚌

養以兩切 癢 瀁 𦢊 象似兩切 像 襐 潒 橡 蟓

奬子兩切 蔣 槳 兩里養切 緉 裲 魎 鞅倚兩切 怏 䬬

柍 强巨兩切 鏹 仰語兩切 搶楚兩切 愴 想寫兩切 鯗 掌止兩切 爽所兩切

騻 塽 敞齒兩切 氅 廠 僘 響許兩切 嚮 享 饗

蠁 繦舉兩切 襁 丈雉兩切 杖 仗 袒丑兩切 壤汝兩切 穰 攘

賞始兩切 仿撫兩切 紡 鶭 罔文紡切 網 惘 蛧 輞 昉甫兩切

倣 瓬 枉嫗往切 往羽兩切 暀 怳詡往切 謊 長展兩切 上是掌切 俇俱往切

迋

蕩待朗切 盪 崵 璗 簜 黨底朗切 讜 灙 曭坦朗切 帑

儻 倘 惝 朗里黨切 硠 閬 曩乃朗切 灢 榜補朗切 膀

蒡 莾母朗切 [illegible] 漭 [illegible] 蟒 [illegible] 顙寫朗切 嗓 磉

[illegible] 蒼采朗切 駔子朗切 髒 沆户朗切 吭 慷口朗切 坱倚朗切 泱 盎

上八

晃戶廣切 幌 滉 愰 慌虎晃切 恍 廣古晃切 獷鄔晃切

去聲

絳古巷切 降 洚 巷胡降切 糉楚降切 戇陟降切 幢丈降切 幢 撞

漾弋亮切 羕 樣 恙 養 眻 煬 颺 訪敷亮切 放甫妄切

舫 妄無放切 忘 望 相思將切 醬卽亮切 將 匠疾亮切 鴎 餉式亮切

向 嚮 唱尺亮切 障之亮切 嶂 瘴 尚時亮切 上 讓人樣切 壯側亮切

裝 創楚亮切 愴 狀助亮切 帳知亮切 脹 漲 粻 悵丑亮切 暢

鬯 韔 仗直亮切 長 杖 諒力讓切 亮 喨 𨡛 䬌

量 兩 緉 釀女亮切 鄉許亮切 旺于放切 王 迋 況許放切 貺

誆古況切

宕大浪切 踼 碭 儻他浪切 盪 蕩 當下浪切 擋 浪郎宕切 䀶

埌 謗補曠切 搒 傍蒲浪切 ⿰⻊旁 喪四浪切 葬則浪切 藏才浪切 臟 吭下浪切

行 桁 亢口浪切 抗 伉 閌 炕 盎於浪切 醠 曠苦謗切

壙 纊 桄古曠切

第三部

平聲 五支六脂七之八微十二齊十五灰通

用

支章移切 枝 肢 ⿰糸支 衼 禔 梔 巵 只 氏

⿰赤支 鳷 吱 眵 騹專垂切 施商支切 葹 絁 弛 釃山宜切

籭 褷 欐 吹姝為切 炊 差叉宜切 齹 嵯 衰初危切 匙常支切

鍉 垂是為切 陲 倕 兒如支切 唲 痿儒垂切 斯相支切 廝 凘

蟴 虒 鷉 螔 ⿰木斯 雌七支切 貲將支切 訾 髭 媊

觜 鮆 疵才支切 玼 骴 茈 隨旬為切 隋 知珍離切 蜘

腄株垂切 箠 摛抽知切 螭 魑 黐 痴 馳陳知切 篪 池

褫 ⿱髟垂重垂切 錘 甀 離鄰知切 鸝 蠡 麗 縭 褵

⿱罒離 罹 蘺 籬 樆 醨 灕 璃 驪 孋

⿰虫離 鵹 劙 ⿰米离 羸倫為切 披攀糜切 帔 陂班糜切 罷 碑

錍諀皮蒲糜切疲郫縻忙皮切醿糜蘼靡

卑府移切庳裨俾椑萆箄陴符支切埤脾

紕彌民卑切瀰鸍移余支切栘匜椸袘簃

扅酏暆蛇迆祇巨支切岐歧伎蚑

軝芪蠵匀規切隓許規切闚缺規切規均窺切摫羈居宜切羇奇

畸掎剞犧虛宜切羲嚱曦巇欹邱奇切崎

觭踦𧋍碕奇渠羈切騎錡埼漪於宜切猗

椅宜魚羈切儀艤㕒涯崖爲于嬀切潙䲰

麾吁爲切撝虧驅爲切嬀俱爲切隗逶邕危切委蜲萎危虞爲切

八

脂（蒸夷切）祗泜砥鴲隹（朱惟切）騅騅錐尸（升脂切）

鳰蓍師（霜夷切）篩獅鰤螄衰（雙隹切）榱鵄（稱脂切）

推（川隹切）蓷誰（視隹切）䔿（儒隹切）緌浽私（相咨切）綏（宣隹切）雖濉

咨（津私切）資齋姿粢齍濱𩠏蚩茨（才資切）

瓷胝（張尼切）追（中葵切）絺（丑飢切）郗絺墀（陳尼切）坻遲遟

蚳椎（傳追切）槌鎚䊚棃（良脂切）蔾犂黧蜊

䔲纍（倫追切）蘽藟欙螺尼（女夷切）怩呢狔

夷（延知切）姨洟痍彝鮧蛦惟（夷隹切）維唯

遺瀢蠵帷（洧悲切）伊（於夷切）咿蛜飢（居夷切）肌机

龜（居追切）騩耆（渠伊切）鰭鬐祁葵（渠惟切）馗（渠追切）逵夔
騤戣巋（邱追切）丕（敷悲切）邳伾岯秠駓魾
悲（逋眉切）毗（頻脂切）比琵枇笓貔魮阰紕
眉（武悲切）嵋湄楣葿篃黴麋郿蘪
之（眞而切）芝菑（莊持切）緇輜錙淄鶅鯔詩（申之切）
邿蚩（充之切）媸嗤颸（又緇切）時（市之切）塒蒔鰣漦（俟菑切）
而（人之切）髵洏胹陑栭輀鴯鮞思（新茲切）
偲罳緦䇃絲司蕬茲（津之切）孜孳
孖仔滋嵫鼒鎡鰦耔詞（詳茲切）辭

祠 慈(牆之切) 磁 鷀 茲 胔 癡(超之切) 笞 治(澄之切) 持

氂(陵之切) 犛 艃 貍 梩 飴(盈之切) 頤 宧 台 貽

怡 貽 詒 僖(虛其切) 嬉 嘻 禧 熙 暿 欺(邱其切)

僛 姬(居之切) 朞 基 箕 其 萁 醫(於其切) 噫 疑(魚其切)

𩮝 鬐 其(渠之切) 期 綦 旗 琪 璂 綦 萁

蘄 淇 祺 麒 騏 鶀 蜞

微(無非切) 薇 溦 霏(芳微切) 菲 馡 妃 婓 裶 騑

非(匪微切) 誹 斐 扉 緋 飛 肥(符非切) 腓 淝 芭

痱 機(居希切) 鐖 禨 幾 譏 饑 璣 磯 蟣

歸居韋切 希香依切 稀 俙 欷 晞 桸 鵗 暉吁韋切 輝

揮 鶤 徽 褘 翬 獋 徽 衣於希切 依 譩

威於非切 葳 媁 蝛 沂魚衣切 凒 巍語韋切 犩 祈渠希切 頎

旂 畿 圻 蘄 韋于非切 違 幃 闈 圍 禕

齊前西切 臍 蠐 櫅 西先齊切 棲 粞 撕 嘶 屖

妻千西切 萋 淒 凄 霋 悽 齎牋西切 躋 擠 齏

氐都黎切 低 磾 鞮 羝 梯天黎切 緹 鵜 題田黎切 嗁

提 媞 禔 綈 㠧 蹏 醍 隄 稊 荑

銻 䟴 騠 䗖 鯷 蒢 泥年題切 鸈 黎憐題切 瓈

蔾 雞堅奚切 稽 乩 笄 谿牽奚切 鸂 螇 醯呼雞切 兮弦雞切

奚 㜎 傒 蹊 鼷 榽 嵇 徯 鷖烟奚切 瞖

嫛 堅 黳 䃜 倪研奚切 齯 𥘽 輗 鯢 霓

蜺 麑 猊 郳 圭涓畦切 閨 窐 邽 袿 鮭

奎傾畦切 刲 攜戶圭切 巂 蠵 觿 畦 酅 篦邊兮切 梍

鎞 幒 狴 椑 批篇迷切 鈚 砒 鼙部迷切 玭 迷緜批切

麛

灰呼回切 豗 虺 恢枯回切 詼 悝 魁 盔 隈烏回切 椳

嵔 煨 緭 偎 傀姑回切 瑰 櫰 回胡隈切 佪 洄

槐茴桅吾回切嵬磓都回切追搥堆䭔鎚

⿰革隹通回切推蓷穨徒回切頹雷盧回切儡罍攂挼索回切

毸崔倉回切⿰阝崔催摧昨回切漼桮晡枚切胚鋪枚切坏醅

抔阫裴蒲枚切徘培掊毰紑陪枚謨杯切

梅莓媒禖脢玫鋂煤

入聲作平聲

室繩知切⿰革室實石祏碩鼫射湜殖

埴植食蝕溼十什拾入褶

悉星西切膝蟋昔惜席蓆夕汐錫

裼晳析淅息熄習襲隰

堲 精妻切

唧疾嫉蒺積脊迹鯽籍耤

績寂卽緝葺輯潗集

怭 兵迷切

佖

泌苾弼佛甓逼幅愎踾

窒 張移切

挃銍帙

秩 征移切

姪隻擲躑職織

陟稙直犆值

吉 更移切

戟激擊極

亟襋棘急給級及笈

蝕 詩之切

赫 亨移切

嚇格覈翮核劾黑

獲 胡歸切

畫或

惑

的 丁離切

適嫡蹢甋鏑滴菂逖

籊狄敵踧迪覿滌笛荻翟

賊則移切鰂蠈

仄聲　四紙五旨六止七尾十一薺十四賄五

寘六至七志八未十二霽十三祭十四

太半十八隊二十廢通用

上聲

紙掌氏切砥坻只咫枳軹疻弛賞是切豕

侈尺氏切哆誃恀姼是上紙切諟氏舐神紙切爾忍氏切

邇躧所綺切𩌦屣簁纚蓰釃襹揣楚委切

捶主蕊切 箠 錘 菙是捶切 繠乳捶切 蘂 蕊 徙想氏切 壐 此淺氏切
佌 泚 紫蔣氏切 茈 訾 呰 批 觜 髓選委切 瀡
靃 觜祖委切 惢才捶切 褫丑豸切 豸丈爾切 廌 阤 杝 邐力紙切 柅乃倚切
䄒 旎 𨡉 酏演爾切 迆 企邱弭切 跂 跬犬蕊切 頍 綺去倚切
觭 碕 掎居綺切 踦 剞 技巨綺切 妓 倚於綺切 旖 輢
齮 裿 蟻語綺切 錡 艤 頠五委切 姽 硊 䳄 委鄔毀切
崣 萎 蔿羽委切 𤾊 薳 闖 毀虎委切 燬 烜 檓
䣀苦委切 頍 垝 詭古委切 祪 䤥 桅 蛫 跪巨委切 俾補弭切
髀 鞞 箄 庀普弭切 仳 蚍 婢部弭切 庳 弭母婢切 濔

敉 芊 瞇 彼甫委切 被反彼切 埤 靡毋被切 孊 靡 靡

鴜自爾切

旨軫視切 恉 指 底 矢矤視切 視善旨切 水數軌切 死想姊切 姊蔣兕切 秭

兕序姊切 黹展几切 雉直几切 滍 履兩几切 柅女履切 壘魯水切 累 𡽫 藟

藟 檁 漯 誄 耒 唯愈水切 壝 遺 癸頸誄切 揆巨癸切

几舉履切 机 麂 跽巨几切 洧羽軌切 鮪 巋苦軌切 軌矩鮪切 簋 匭

晷 宄 厬 氿 鄙補美切 嚭普鄙切 秠 否部鄙切 痞 圮

美毋鄙切 眯 匕補履切 比 妣 秕 疕

止渚市切 趾 址 沚 時 芷 祉 齒醜止切 茝 始首止切

市士止切恃耳忍止切駬珥涬壯仕切笫胏史爽士切使
駛士上史切仕柹朹俟牀史切涘枲想止切葸子祖似切
仔耔梓似象齒切巳祀姒耜汜圯
苢徵展里切恥丑里切峙丈里切跱痔塒里兩耳切理俚
娌悝裏李鯉梩以養里切已苡矣羽已切
唉喜許已切蟢嬉起口已切屺杞芑己苟起切紀
卺擬偶起切儗薿譩隱已切你乃里切
尾武斐切娓亹斖梶斐妃尾切悲悱朏菲
誹匪府尾切篚棐榧豨許豈切唏[illegible]豈去幾切[illegible]

十四

蟣舉豈切 幾 禨 扆隱豈切 顗語豈切 螘 韙羽鬼切 偉 煒 暐
韡 葦 瑋 緯 𩏝 虺詡鬼切 卉 鬼矩偉切 磈
薺在禮切 鱭 穧 洗小禮切 姺 濟子禮切 泲 擠 米母禮切 濔
陛部禮切 邸典禮切 氐 疷 底 柢 詆 抵 觝 弤
砥 阺 體土禮切 涕 緹 醍 弟待禮切 娣 悌 遞
禮里弟切 醴 澧 蠡 鱧 禰乃禮切 嬭 泥 昵 貎
啓遣禮切 棨 綮 堄吾禮切 睨 䄓
賄虎猥切 悔 傀苦猥切 嵔 塊 瘣戶賄切 匯 廆 猥鄔賄切 椳
痿 琲部浼切 浼每罪切 每 痗 漼取猥切 璀 皠 罪粗賄切 辠

腿(吐猥切)磊(魯猥切)瘰礧櫑蕾儡餒(弩罪切)娞

入聲作上聲

質(張恥切)鑕礩騭蛭窒挃銍隻摭
蹠炙職織陟執汁失(傷以切)室釋
適奭襫螫識飾式軾拭濕
叱(昌里切)尺赤斥敕飭鷘悉(喪擠切)膝蟋
昔腊惜舄磶錫裼晳析淅
蜥息熄七(倉洗切)漆戚鏚慼蠽磩
緝葺輯楫戢唧(將洗切)積績脊蹐

十五

迹績勣卽喞稷鯽必（邦彼切）畢鞸

羃滭珌韠蹕篳鉍蓽泌飶

苾䃾襞璧碧壁甓逼匹（鋪米切）僻

癖澼擗劈筆（邦每切）北詰（邱巳切）蛣乞泣

吉（巾以切）拮姞佶訖吃戟劇屐激

擊亟襋棘急給級汲芨一（銀几切）

壹乙鳦瑟（生止切）璱颸蝨澁迄（香几切）汔

隙卻綌檄虩閴吸潝的（丁禮切）適

嫡蹢菂鏑滴樀蔏踢（他禮切）惕剔

摘闃鶪殈虛己切測初里切惻德當委切得忒他美切慝
塞思子切則滋美切黑亨美切克康委切剋刻國光委切

去聲

寘支義切忮觶翅施智切啻施豉是義切鯷惴之瑞切吹尺僞切
瑞樹僞切倕睡諉而睡切縰爭義切屣賜斯義切刺七賜切莿庛
𢧢積子智切漬疾智切胔柴眥智知義切詈力智切離縋馳僞切
槌錘硾甀累力僞切嫘易以豉切貤施袘
椸企去智切跂蚑縊於賜切螠恚於避切觖窺睡切戲香義切寄居義切
倚芰奇寄切騎輢倚於義切踦義宜寄切議誼爲于僞切

餧於偽切 委 僞危睡切 譬匹智切 臂卑義切 嬖 避毗義切 比 帔披義切 賁彼義切

詖 陂 跛 髲平義切 被 骳

至脂利切 摯 贄 懥 礩 鷙 織 嗜時利切 視 示神至切

謚 二而至切 貳 樲 出尺類切 帥所類切 率 四息利切 肆 駟

泗 柶 次七四切 佽 𩭛 絘 恣資四切 自疾二切 邃雖遂切 粹

睟 誶 祟 翠七醉切 醉將遂切 檇 遂徐醉切 燧 鐩 隧

襚 旞 璲 繸 檖 篲 穟 穗 萃秦醉切 顇

悴 瘁 地徒二切 致陟利切 質 疐 躓 輊 懫 屎丑二切

緻直利切 稺 稚 治 遲 雉 薙 利力至切 痢 莅

颲 膩女利切 墜直類切 懟 類力遂切 禷 淚 蘱 肄羊至切 勩

廙 棄磬致切 遺以醉切 壝 蜼 悸其季切 痵 季居悸切 屭虛器切 咥

器去冀切 冀几利切 覬 穊 驥 洎 蔇 暨巨至切 懿乙冀切 饐

噫 劓魚器切 位于愧切 尉於位切 喟邱愧切 愧基位切 餽 騩 匱求位切 櫃

簣 蕢 饋 畀必至切 庇 鼻毗至切 庳 寐蜜二切 祕兵媚切 秘

毖 閟 䩛 泌 邲 費 轡 柲 濞匹備切 淠

備平祕切 贔 奰 糒 犕 媚明祕切 魅 篃

志職吏切 誌 識 痣 幟 試式吏切 熾昌志切 埴 饎 侍時吏切

蒔 時 餌仍吏切 珥 咡 刵 胾側吏切 鶅 椔 駛疏吏切

使　廁初吏切　事仕吏切　笥相吏切　思　伺　寺祥吏切　嗣　飼　字疾置切

孳　置竹吏切　值直吏切　植　吏良志切　異羊吏切　食　憙許記切　亟去吏切　記居吏切

忌渠記切　惎　誋　意於記切　檍　薏

未無沸切　味　費芳未切　髴　靅　芾　沸方未切　怫　誹　濆

屝父沸切　𨁽　厞　費　翡　狒　蜚　餼許既切　塈　愾

熂　霼　摡　氣邱既切　⿰口氣　旣居氣切　溉　衣於既切　毅魚既切　胃于貴切

謂　⿰忄胃　媦　緯　渭　⿰魚胃　彙　蝟　諱許貴切　卉

⿰氵卉　貴歸謂切　尉紆胃切　慰　畏　尉　蔚　瑋　霨　魏虞貴切

墍

霽（子計切）濟擠隮穧細（思計切）壻些切（七計切）砌
妻嚌（才詣切）鱭懠劑齊薺媲（匹計切）睥閉（必計切）
薜（蒲計切）謎（莫計切）帝（丁計切）諦嚏楴蔕螮締替（他計切）
剃揥涕裼屜薙弟（大計切）第悌娣
髢睇遰遞禘棣杕麗（郎計切）隸儷
戾悷盭颲颼沴蛚棙䓞荔
唳泥（乃計切）䛏系（胡計切）繫係禊盻媂（顯計切）契（詰計切）
鍥晵晵計（吉詣切）繼髻薊檵蛣医（壹計切）
翳繄嫕𤎖噎堅瞖鷖齸詣（研計切）

栺 羿 睨 堄 霓 慧胡桂切 惠 蕙 橞 蟪
繐 熭 嘒呼惠切 暳 噦 桂涓惠切 罣 趹
祭子例切 際 穄 傺 歲須銳切 ⿰糸彗 脃此芮切 蕝租芮切 彗旋芮切 轊
彗 世始制切 貰 勢 掣尺制切 ⿰氵⿱制心 制征例切 製 晣 ⿱制魚
淛 誓時制切 噬 筮 逝 澨 稅輸芮切 說 裞 帨
餟 涚 毳充芮切 竁 橇 贅朱芮切 惙丑芮切 汭儒稅切 芮 枘
蜹 餲於例切 瘞 鷧 憩去例切 揭 猘居例切 罽 ⿰糸罽 瀱
偈其例切 衞于歲切 讆 躛 劌姑衞切 橛 蹶 鱖 滯直例切 彘
墆 例力制切 厲 礪 禲 勵 犡 蠣 糲 綴株衞切

餟 曳以制切 拽 袣 裔 詍 𣿬 枻 渫 洩

睿俞芮切 銳 蓺倪祭切 藝 槸 囈 蔽必袂切 鷩 潎匹曳切 敝毗祭切

幣 斃 弊 獙 袂弭蔽切

貝邦昧切 魳 茷 梖 狽 娧吐外切 蛻 駾 兌杜外切 酹郎外切

霈滂昧切 沛 旆 眛莫貝切 沬 昧 韎 最祖外切 會黃外切 繪

璯 䜚呼外切 翽 噦 濊 儈古外切 會 禬 膾 獪

廥 澮 旝 檜 薈烏外切 懀 䨥 外五會切

隊徒對切 䨴 薱 憝 錞 逮 瑇 對都內切 碓 敦

退吐內切 類盧對切 擂 耒 內奴對切 背補妹切 褙 輩 配滂佩切 妃

佩蒲妹切 琲 背 悖 焙 邶 妹莫佩切 痗 黴 瑁

袜 碎蘇對切 誶 倅取內切 淬 焠 啐 晬祖對切 綷 潰胡對切

嬇 讀 繢 蕢 誨呼內切 悔 晦 靧 塊苦對切 憒古對切

磑五對切

廢放吠切 祓 橃 肺芳廢切 吠房廢切 茷 乂魚肺切 刈 鳰 薉烏廢切

穢 饖 濊 喙許穢切

入聲作去聲

日人智切 衵 馹 入 廿 蜜忙閉切 宓 蔤 謐 密

覓 冪 塓 汨 栗郎帝切 慄 溧 颲 篥 歷

靂癧礫瓅皪鬲轢櫪歷瀝
櫟力立粒笠苙逸（銀計切）佚佾軼
泆溢鎰一壹乙逆益嗌齸
繹襗醳掖腋亦奕弈帟懌
斁射譯驛嶧埸液易蜴役
疫惄溺鷁艗鷊匿㥾弋杙
翼翊翌㚤億憶臆抑醷域
淢罭棫蜮緎閾揖挹熠邑
浥悒裛唈劇（强義切）屐勒（離妹切）肋扐泐

翠薇花館

墨忙背切 默 冒 纆

第四部

平聲 九魚十虞十一模通用

魚牛居切 漁 於衣虛切 箊 淤 虛休居切 驉 歔 嘘 ⿰山虛

墟邱於切 袪 阹 胠 魼 祛 居斤於切 据 椐 裾

琚 車 腒 渠求於切 ⿰渠鳥 蕖 蘧 籧 鐻 璩

磲 醵 胥新於切 湑 糈 ⿰魚胥 蝑 疽千余切 蛆 雎

狙 趄 沮 岨 麆 苴子余切 且 罝 徐詳余切 蔬山於切

梳 疏 綀 書商居切 舒 紓 瑹 初楚居切 菹臻魚切 諸專於切

藷櫧礑蠩**鋤**牀魚切耡駔**蜍**常如切**如**人余切茹

洳鴽**豬**張如切瀦**攄**抽居切摴樗[illegible]**除**陳如切儲

躇滁篨蒢**臚**凌如切閭廬櫚[illegible]驢

袽女居切帤**余**羊諸切予歟譽妤悇輿旟

餘畬藇璵狳鵌雓鱮芧[illegible]

虞元俱切禺愚娛澞嵎隅蝺鰅喁

于雲俱切迂盂釪竽雩玗杅汙**訏**匈于切

吁盱昫姁冔**紆**邕俱切靬陓雽穻

區虧于切嶇驅摳軀鮬**拘**恭于切斢眗跔

俱駒岣鴝痀約劬（其俱切）癯躣衢
瞿氍鸜枸敷（芳無切）⿱艹敷莩麩稃桴
艀孚俘紨罦郛蚹枹鵂琈
痡膚（風無切）趺夫鈇玞柎⿱髟付扶（馮無切）符
苻芙萈夫泭鳧蚨鼓無（微夫切）毋
蕪巫誣憮璑鷡廡碔須（相俞切）鬚
需繻須蕦趨（逡須切）諏（子于切）輸（式朱切）毹（山芻切）腧萸
樞（昌朱切）芻（窗俞切）朱（章俱切）邾絑珠侏袾硃㑳（莊俱切）
⿰舟芻姝（慵朱切）銖殳洙茱雛（崇芻切）儒（汝朱切）濡襦

二十

繻 嚅 醹 鱬 獳 株追輸切 誅 跦 蛛 鴸
姝 貙樁俱切 踰 廚重株切 躕 幮 慺龍珠切 婁 蔞 鏤
漊 瘻 俞容朱切 逾 渝 愉 覦 窬 牏 瑜
貐 榆 楰 臾 腴 瘐 揄 歈 諛 褕
騟 羭 蝓 毹
模蒙晡切 摹 謨 膜 嫫 獏 鋪滂模切 逋奔模切 晡 餔
蒲薄胡切 蒱 酺 匍 蘇孫租切 穌 酥 麤聰徂切 租宗蘇切 徂昨胡切
殂 阼 都東徒切 闍 瑹通都切 稌 徒同都切 途 塗 峹
鍍 荼 圖 屠 瘏 酴 駼 鵌 鷵 菟

盧落胡切 蠦 鑪 壚 顱 矑 嚧 櫨 纑 瓐

瀘 艫 轤 蘆 鱸 鸕 奴農都切 孥 帑 駑

砮 笯 胡洪孤切 乎 壺 瓠 葫 瑚 餬 糊

醐 弧 湖 狐 猢 鶘 孤攻乎切 辜 姑 酤

沽 觚 柧 菰 呱 橭 罛 鴣 蛄 枯空胡切

刳 鮬 骷 呼荒胡切 謼 滹 嫭 吾訛胡切 吴 齬

鋘 珸 梧 鼯 蜈 䮏 烏汪胡切 洿 杇 鎢

嗚 鄔 陓 窏 增補 浮房逋切

入聲作平聲

斛（紅姑切）縠槲鵠鶻濮（邦模切）幞僕暴曝

瀑匐孛艴勃浡渤蔟（聰疎切）鏃族

戚顣踧縬牘（東盧切）讀讟黷嬻犢

髑匵櫝瀆獨篤督毒纛突

伏（房夫切）服復紱茯輹複鵩佛咈

怫茀坲孰（繩朱切）熟塾淑蜀蠋屬

襡鸀贖術述秫朮逐（長如切）柚軸

舳蓫躅育（依居切）棛鬱菀蔚熨續（詞疽切）

藚俗局（其余切）跼倔掘玉（語居切）聿（雲俱切）遹霱

潏 繘 鷸 驈 兀（吳姑切） 扤 杌 矹 𦨣 核（胡姑切）

仄聲 八語九噳十姥九御十遇十一暮通用

上聲

語（偶舉切） 齬 圄 圉 禦 籞 敔 許（喜語切） 滸 去（口舉切）

蚷 舉（苟許切） 莒 筥 椐 巨（臼許切） 拒 秬 柜 距

虡 鉅 詎 炬 醵 稰（寫與切） 糈 醑 湑 蝑

苴（子與切） 疽 敘（象呂切） 序 緒 鱮 漵 嶼 鱮 咀（在呂切）

沮 跙 所（爽阻切） 阻（壯所切） 詛 俎 楚（楙所切） 齼 礎 齟（牀所切）

暑（賞呂切） 鼠 黍 𧒂 癙 鬻（掌與切） 渚 杵（敞呂切） 處 墅（上與切）

紓抒汝（忍與切）籹茹貯（展呂切）著衿楮（丑呂切）褚
宁（丈呂切）佇苧紵杼羜呂（兩舉切）膂旅侶
女（碾與切）與（演女切）予藇
噳（五矩切）麌俁傴（委羽切）噢嫗詡（火羽切）哹昫欨
煦姁栩訏蛡齲（顆羽切）踽矩（果羽切）椇枸
豿窶（郡羽切）羽（王矩切）禹偊雨宇鄅瑀撫（斐父切）
柎拊弣甫（匪父切）府俯腑脯黼簠
斧蚥莆⿱髟付父（奉甫切）輔鬴釜腐⿰禾尃
武（罔甫切）舞侮嫵憮膴廡墲碔甒

䳼 取此主切 聚在庾切 數爽主切 籔 主腫庾切 炷 麈 豎上主切 裋

樹 乳而主切 醹 黈冢庾切 拄 柱重主切 縷力主切 褸 僂 謱

嘍 漊 簍 蔞 庾勇主切 斞 愈 瘉 瘐 窳

楰 貐

姥滿補切 莽 牡 普頗五切 溥 浦 補彼五切 譜 圃 簿伴姥切

部 𨏺 祖則古切 珇 組 覩董五切 睹 堵 土統五切 吐

杜動五切 荰 肚 魯郎古切 虜 鹵 櫓 艣 怒暖五切 弩

砮 努 孥 虎火五切 琥 滸 苦孔五切 筈 古果五切 詁

鼓 瞽 股 賈 盬 蠱 罟 牯 羖 估

二十四

酤 戶(後五切) 怙 祜 婟 扈 鄠 岵 簄 楛
雇 隖(於五切) 鄔 溩 五(阮古切) 伍 仵 迕 午 增補
缶(方古切) 否 母(忙補切) 某 畝

入聲作上聲

屋(汪古切) 剭 沃 鋈 兀 杌 阢 哭(匡五切) 酷 嚳
窟 矻 穀(公五切) 轂 谷 告 牿 梏 骨 汨
愲 滑 淈 卜(邦母切) 撲(滂母切) 醭 速(僧祖切) 餗 蔌 樕
蔟(聰所切) 簇 禿(湯魯切) 鵚 福(方補切) 腹 複 幅 輻 復
蝠 輹 葍 馥 拂 刜 髴 弗 韍 黻

紼紱茀汳肅（宣羽切）夙宿䬃蓿鷫
驌蹙（倉午切）顣蹴菽（傷主切）叔俶縮謖踧
束祝（張汝切）𡖊粥竹笁筑築燭屬
囑矚瘃斸矗（昌所切）畜慉觸歜蓄（盧矩切）
旭勖頊洫麴（邱雨切）曲䒼屈詘倔
𧜟匊（居雨切）掬踘鞠鞫𩛠菊鵴挶
獝橘郁（於舉切）澳隩燠噢薁鬱蔚
尉篤（當午切）督粟（須取切）剶卹恤賉戌促（此主切）
趗足（慈呂切）卒

二五

去聲

御牛倨切 馭 歛 語 飫依倨切 醧 棜 瘀 菸 淤

去邱倨切 據居御切 倨 踞 鋸 鐻 据 遽其倨切 醵 絮息倨切

覷七慮切 狙 怚將豫切 沮 蔬所倨切 詛莊助切 俎 助牀倨切 [illegible] 恕商署切

庶 處昌倨切 翥章恕切 署常恕切 曙 薯 茹如倨切 洳 著陟慮切 箸遲倨切

除 宁 慮良倨切 鑢 櫖 女尼倨切 豫羊茹切 預 譽 與

轝 礜 澦 蕷 鸒

遇元具切 寓 禺 嫗威遇切 饇 煦吁句切 昫 酗 姁 呴

軀區遇切 屨俱遇切 鞻 絇 句 瞿 蒟 懼其遇切 具 埧

餵 颶 芋王遇切 雨 裕俞戍切 諭 籲 覦 赴芳遇切 訃

仆 付方遇切 傅 賦 附符遇切 坿 祔 跗 賻 駙

鮒 蚹 柎 務亡遇切 婺 霧 鶩 騖 娶逡遇切 趣

足子句切 聚從遇切 戍舂遇切 輸 注朱戍切 註 炷 鑄 鞋 蛀

疰 畀 哇 樹殊遇切 裋 澍 孺儒遇切 數色句切 駐株遇切 軴

邁 住廚遇切 屢良遇切

暮莫故切 慕 募 墓 怖普故切 鋪 布博故切 佈 步蒲故切 捕

哺 餔 酺 素蘇故切 訴 愬 愫 溯 塑 嗉

措倉故切 厝 錯 醋 作宗祚切 祚存故切 阼 胙 妬都故切 妒

斁 蠹 秺 兎土故切 吐 度徒故切 渡 鍍 路魯故切 輅

賂 璐 露 潞 簬 鷺 笯奴故切 怒 護胡故切 濩

頀 嫭 婟 瓠 互 枑 冱 涸 韄 謼荒故切

庫苦故切 袴 胯 顧古慕切 雇 詁 故 固 錮 酤

痼 汙烏故切 惡 桍 誤五故切 悟 寤 晤 捂 迕

怍 增補 婦方佈切 負 阜 副 富

入聲作去聲

木忙故切 沐 霂 楘 鶩 目 睦 繆 牧 苜

穆 沒 殁 祿郎妒切 漉 盝 琭 麓 簏 摝

酥 䩦 肉（入注切） 辱 蓐 褥 縟 溽 鄏 入

六（郎據切） 陸 稑 蓼 戮 錄 籙 綠 碌 淥

騄 菉 律 繂 律 率 育（于句切） 毓 昱 煜

鸒 堉 彧 稶 郁 澳 燠 欲 慾 浴

鴥 玉 獄 蔚 聿（于具切） 遹 矞 霱 繘 鷸

驈 勿（亡赴切） 物 岉 沕 訥（乃故切） 肭

詞林正韻卷上

詞林正韻卷中

吳縣戈　載順卿輯

第五部

平聲　十三佳半　十四皆十六咍通用

佳居膎切　街　膎戶佳切　鮭　鞵　徯　崖宜佳切　崕　涯　睚

捱　牌蒲街切　簰　崽所佳切　籭　簁　釵初佳切　差　𢾛　柴鉏佳切

祡　𢀩

皆居諧切　偕　階　楷　稭　湝　喈　鶛　蝔　揩邱皆切

䋮　挨英皆切　諧雄皆切　骸　乖公懷切　懷乎乖切　櫰　槐　淮　齋莊皆切

豺（牀皆切）儕　排（蒲皆切）俳　埋（謨皆切）霾　膪（幢乖切）

咍（呼來切）　開（邱哀切）　該（柯開切）賅垓陔峐荄絯豥

痎　咳（何開切）孩頦[illegible]侅　哀（於開切）唉埃焥

皚（魚開切）敳　[illegible]（當來切）　胎（湯來切）台邰鮐　臺（堂來切）儓駘

擡苔薹[illegible]炱　能（奴來切）　來（郎才切）徠棶麳

萊崍騋鯠　鰓（桑才切）[illegible]顋毸　猜（倉來切）偲

哉（將來切）栽　裁（牆來切）纔才材財

入聲作平聲

白（巴埋切）帛舶鮊　宅（池齋切）澤擇襗檡蘀

翟 獲胡乖切 韄 𦘦 澅 剨 畫 劃 嫿 嚍

㦤 蚱莊皆切 舴 塞思哉切

仄聲 十二蟹十三駭十五海十四太半十五

卦半十六怪十七夬十九代通用

上聲

蠏下買切 解 獬 澥 解佳買切 矮倚蠏切 枴古買切 罫 擺補買切 罷部買切

買母蠏切 嘪 鷶 灑所蠏切 躧 韆 纚 廌丈蠏切 豸 嬭女蠏切

撮初買切

駭下楷切 絯 駴 豥 鍇口駭切 楷 䋍 挨倚駭切 騃語駭切

海許亥切　醢　愷可亥切　凱　塏　闓　鎧　慨　改已亥切　胲

亥下改切　閡　欸倚亥切　靉　僾　倍薄亥切　痱　采此宰切　採　綵

彩　寀　棌　宰子亥切　載　在昨宰切　茝昌亥切　待蕩亥切　迨　殆

駘　靆　怠　紿　箉　乃奴亥切　鼐

入聲作上聲

率升擺切　帥　倅　蟀　櫛莊矮切　迮　窄　蚱　舴　咋

責　嘖　幘　簀　摘　謫　拍鋪買切　魄　珀　劈

百逋買切　伯　迫　柏　瓸　檗　擘　拆初攺切　皵　策

冊　栅　測　惻　客溪蠏切　喀　揢　克　剋　刻

格雞矮切挌骼觡隔䈂膈革搹鬲

槅嗝砉歡掝切湱剨虢瓜矮切漍馘幗摑

嘓䃁蟈索疎戴切溹摵掞愬瘷捒

側莊改切仄昃萴崱色疎矮切嗇穡濇嬙

去聲

太他蓋切泰汰忲帶當蓋切大徒蓋切賴落蓋切賚癩瀨

籟柰乃帶切奈蔡七蓋切縩害下蓋切蓋居太切丐藹於蓋切譪

靄壒𥉺濭艾牛蓋切鴱外五泰切

懈居隘切廨嶰邂下懈切解隘烏懈切搤嗌派滂賣切粺邦賣切

稗 賣莫懈切 曬所賣切 攦 瘥楚懈切 衩 債側賣切 砦仕懈切 眦

怪古壞切 蒯苦怪切 蕢 簣 喟 塊 壞胡怪切 蘾 聵五怪切 戒居拜切

誡 介 价 界 䯰 玠 疥 衸 屆 魪

芥 械下介切 薤 瀣 骱 齘 欸乙界切 拜布怪切 湃怖拜切 憊步拜切

韛 糒 肦暮拜切 韎 鎩所介切 殺 瘵側界切 祭

夬古邁切 獪 澮 快苦夬切 噲 駃 譮戶快切 [illegible] 餲於邁切 敗薄邁切

唄 邁莫敗切 勱 佅 寨士邁切 嘬楚快切 啐倉夬切 蠆丑邁切 蠇

代侍戴切 岱 黛 袋 逮 埭 曃 玳 靆 貸他代切

態 戴丁代切 襶 徠洛代切 睞 賚 耐乃代切 鼐 褦 塞先代切

簺賽再作代切載綷菜倉代切採縩在昨代切慨口溉切

㤝嘅欬鎧溉居代切摡槩愛於代切僾薆

靉曖璦礙牛代切閡

入聲作去聲

陌忙拜切佰貊䮬貘驀麥霢脈覛

墨啞移介切額詻客厄阸搤軛鞷

搦奴帶切

第六部

平聲　十七眞十八諄十九臻二十文二十一

四

欣二十三魂二十四痕通用

眞之人切 禛 眕 桭 甄 磌 鷏 侲 振 袗

稹 縝 申外人切 身 娠 伸 呻 紳 柛 瞋稱人切

嗔 辰丞眞切 晨 宸 臣 神乘人切 人而鄰切 仁 辛斯人切 新

薪 莘 親雌人切 津資辛切 璡 秦匠鄰切 螓 繽紕民切 賓卑民切 矉

檳 濱 蠙 頻毗賓切 顰 𡡉 嚬 嬪 蠙 蘋

繽 民彌鄰切 份悲巾切 彬 玢 邠 豳 貧皮巾切 珉眉貧切 岷

閩 旻 緡 泯 珍知鄰切 䟴癡鄰切 陳地鄰切 塵 鄰力珍切 嶙

粼 磷 潾 璘 瞵 轔 麟 驎 𧲙 獜

鱗 燐 紉尼鄰切 因伊眞切 姻 諲 歅 禋 絪 氤
緸 裀 茵 陻 闉 湮 駰 䃌 寅夷眞切 夤
螾 巾居銀切 銀魚巾切 珢 誾 狺 垠 𪗕於巾切
諄朱倫切 忳 肫 春樞倫切 純殊倫切 蒓 蓴 醇 錞 淳
焞 鶉 脣船倫切 唇 漘 紃 犉濡純切 撋 瞤 荀須倫切
詢 恂 洵 郇 峋 珣 逡七倫切 踆 䞭 皴
遵蹤倫切 鷷 旬松倫切 巡 循 馴 紃 湻 屯株倫切 迍
窀 杶敕倫切 椿 輴 䲠 倫力迍切 綸 掄 淪 侖
棆 輪 䑳 鯩 匀俞倫切 昀 沟 鈞規倫切 均 贇紆倫切

頵蝹筠于倫切荺囷區倫切菌箘麕俱倫切

臻緇詵切搸榛溱蓁莘疏臻切姺侁詵甡

駪

文無分切紋玟馼汶鴍聞蚊雯芬敷文切

雰帉紛棻衯分方文切饙汾符分切枌鼢

棼賁蕡濆轒豶焚蕡墳幩

羒豶頒氛黂翂雲王分切云芸耘

妘鄖涢澐紜沄員𧦝篔熅於云切

氳緼䵦蝹輼熏許云切薰纁曛獯

醺 臐 勳 葷 焄 煇 君拘云切 軍 皸 羣渠云切

裠

欣許斤切 炘 訢 昕 殷於斤切 慇 斤舉欣切 筋 勤巨斤切 懃

慬 芹 虒魚斤切 齗 听

魂胡昆切 餛 渾 煇 琿 緷 昆公渾切 褌 崐 琨

錕 蜫 鯤 騉 鶤 溫烏昆切 轀 豱 縕 瘟

薀 昏呼昆切 婚 惛 閽 棔 涽 坤枯昆切 髡 奔逋昆切

賁 䴅 歕鋪魂切 噴 盆步奔切 湓 門謨奔切 捫 𣰫 璊

樠 穈 孫蘇昆切 猻 搎 蓀 飧 村粗尊切 尊租昆切 罇

存徂昆切蹲袸敦都昆切墩弴暾他昆切燉哼屯徒渾切

沌飩庉豚臀炖囤論盧昆切崙黁奴昆切

痕胡恩切根古痕切跟恩烏痕切吞他根切

仄聲　十六軫十七準十八吻十九隱二十一混二十二狠二十一震二十二稕二十三問二十四焮二十六圂二十七恨通用

上聲

軫止忍切診疹眕鬒黰賑辴袗紾

縝 眕 稹 矧矢忍切 哂 腎是忍切 祳 蜃 忍而軫切 訒

⿰木盡子忍切 儘 盡在忍切 藎 牝婢忍切 臏 蠙 泯弭盡切 黽 笢

愍美隕切 慜 閔 憫 敏 黽 紖丈忍切 靷 緊頸忍切 引以忍切

縯 鈏 蚓 磒羽敏切 隕 殞 霣 溳 愪 窘巨隕切

菌 箘

準主尹切 蠢尺尹切 惷 鬊 ⿰馬春 僢 盾豎尹切 吮 楯 輴

筍思尹切 簨 隼 尹庾準切 允 鈗 馻 狁

吻武粉切 脗 抆 刎 忞 忿撫吻切 魵 粉府吻切 黺 憤父吻切

弅 坋 鼢 惲於粉切 蘊 褞 韞 縕 醖 搵

隱倚謹切 濦 磤 轞 䨸 檃 謹几隱切 堇 卺 槿

七

瑾 齔初堇切 近巨謹切 瘽 听語近切

混戶袞切 渾 緷 焜 棍 梱苦本切 閫 壼 悃 捆

緄 袞古本切 緄 輥 蓘 滾 錕 鯀 穩鄔本切 本補袞切

畚 笨 橎部本切 畚 懣毋本切 損鎖本切 忖取本切 刌 撙祖本切 噂

尊 鱒粗本切 囤杜本切 盾 沌 遯 腯

很下懇切 詪 懇口很切 墾 齦

去聲

震之刃切 賑 振 侲 娠 袗 鬒 慎時刃切 蜃 刃而振切

⿰巾刃 仞 訒 認 軔 牣 儐必刃切 鬢 殯 擯
信思晉切 訊 卂 迅 阠 汛 晉即刃切 縉 搢 璡
進 燼徐刃切 贐 藎 櫬初覲切 襯 儭 酳士刃切 鎮陟刃切 瑱
疢丑刃切 趁 陣直刃切 診 吝良刃切 躪 橉 藺 允羊進切 靷
蝀 菣去刃切 印伊刃切 釁許慎切 僅渠吝切 覲 瑾 廑 墐 殣
饉 ⿰火堇 憖魚僅切
稕朱閏切 諄 舜輸閏切 蕣 瞬 鬊 順殊閏切 閏如順切 潤 峻須閏切
陖 濬 浚 駿 稄 俊祖峻切 儁 畯 餕 晙
駿 ⿰夋兔 ⿰鼠夋 雋 姰徐閏切 侚

問文運切 聞 紊 絻 抆 汶 忿芳問切 魵 糞方問切 拚

瀵 僨 奮 分符問切 坋 運王問切 暈 餫 緷 韗

鄆 韻 鶤 訓吁運切 熏 捃俱運切 皸 郡具運切 宭 醞紆問切

慍 熅 縕 薀

焮香靳切 靳居焮切 近巨靳切 隱於靳切 檼 㥯 垽語靳切

圂胡困切 慁 溷 惛呼困切 困苦悶切 搵烏困切 顐吾困切 諢 奔補悶切 噴普悶切

歕 坌蒲悶切 悶莫困切 巽蘇困切 潠 遜 寸村困切 焌祖寸切 鬊 捘

鐏徂悶切 踆 頓都困切 敦 鈍徒困切 遁 腯 論盧困切 嫩奴困切

恨胡艮切 艮古恨切 硍苦恨切 䭡於恨切

第七部

平聲　二十二元二十五寒二十六桓二十七

刪二十八山一先二仙通用

元愚袁切 原 源 邍 沅 嫄 獂 騵 羱 杬

榞 黿 蚖 袁于元切 爰 援 媛 園 垣 轅

湲 猨 暄許元切 喧 諼 諠 萱 壎 貆 晅

咺 鴛於袁切 鵷 蜿 冤 怨 眢 䅌 鞔 言魚軒切

攑邱言切 軒虛言切 掀 鶱 鞬居言切 犍 騝 翻孚袁切 旛 幡

繙 番 反 藩方煩切 樊 蕃 轓 煩符袁切 繁 緐

九

袢璠礬墦蹯膰燔蟠笲蕡

蘩 樠(模元切) 璊 圈(去爰切)

寒(河干切) 韓邗汗翰犴 頇(虛干切) 鼾 看(邱寒切) 刊

靬 干(居寒切) 乾肝竿杆玕榦 安(於寒切) 鞍

豻(俄干切) 跚(相干切) 珊姍 餐(千安切) 殘(財干切) 單(多寒切) 禪嬋丹

簞癉鄲 灘(他干切) 攤嘆嘽幝 壇(唐干切) 檀

彈⿸疒亶癉驙驒鱣 闌(郎干切) 讕欄蘭

襴瀾爛 難(那肝切)

桓(胡官切) 梡完丸峘洹汍紈綄芄

莞萑脘皖歡呼官切讙驩貛寬枯官切髖

官古丸切倌冠觀棺剜烏丸切岏吾官切刓潘鋪官切拚

般逋潘切槃蒲官切盤般蹣胖褩瘢鞶磐

磻蟠瞞謨官切漫謾慲顢鬗蹣墁

曼槾饅鏝⿱雨曼鰻酸蘇官切痠⿱雨酸鑽祖官切

攢欑徂丸切穳穳耑多官切端褍⿰禾耑鍴⿰角耑

湍他官切煓團徒官切剸慱摶漙鷒糰鱄

鸞盧丸切鑾巒欒臠羉圝孌

刪師姦切潸關古還切癏擐彎烏關切灣⿰木彎⿰虫彎還戶關切

十

環鐶鍰寰闤轘澴鬟䴉圜
姦居顏切菅顏牛姦切豩呼關切班逋還切斑頒般鬆鳻
玢攀披班切眅蠻莫還切鸞鬘
山師閒切疝訕潺鉏山切虥孱僝媥逋閑切孄力閑切閑何閒切
僩嫺覵癇鷳鷴掔丘閑切慳鬝閒居閑切
艱蕑黰於閑切殷鰥姑頑切綸頑五鰥切
先蘇前切跣千倉先切阡芊箋將先切韉籛濺諓
戔前才先切騚邊卑眠切籩萹編楄鯿蹁蒲眠切
稨胼骿軿駢眠民堅切顛多年切巔癲驥

滇 天他年切 硟 田亭年切 佃 畋 塡 闐 䡘 磌
鈿 沺 年奴顚切 蓮落賢切 憐 零 堅經天切 肩 鈃 鳽
豜 鰹 菺 牽輕烟切 岍 汧 蚈 枅 賢胡千切 弦
絃 舷 礥 煙因蓮切 燕 咽 湮 妍五堅切 研 趼
涓圭淵切 鐲 鵑 稍 睊 蜎 鞙 狷 鋗呼淵切 駽
弲 元胡涓切 懸 蚿 淵縈年切 蔫
仙相然切 鮮 鱻 鸐 躚 秈 䉳 褼 遷親然切 韆
櫏 䉦 煎子仙切 湔 鬋 媊 涎徐連切 錢財仙切 羶尸連切 扇
煽 燀稱延切 嘽 饘諸延切 旃 栴 氈 鸇 禪時連切 嬋

蟬　然如延切　邅張連切　驙　鱣　脠抽延切　鯅　梴　纏澄延切　躔

廛　瀍　𧓍　連陵延切　謰　聯　漣　鏈　槤　[illegible]

鰱　甄居延切　嘕虛延切　嫣　延夷然切　埏　筵　綖　[illegible]　鋋

蜒　焉尤虔切　焉　焉於虔切　蔫　鄢　愆邱虔切　褰　騫　攓

搴　乾渠焉切　虔　犍　騝　鍵　揵　鞭卑連切　箯　篇紕延切

偏　㾫　媥　扁　翩　便毗連切　平　㛹　楩　緜武延切

棉　芇　緍　鶣巴仙切　宣荀緣切　揎　詮此緣切　銓　拴　痊

佺　悛　駩　絟　筌　縓　荃　鐫子泉切　旋旬宣切　還

鏇　璿　璇　漩　嫙　全從緣切　牷　泉　穿昌緣切　川

專朱遄切 顓 鱄 甎 篿 剸 遄淳沿切 篅 船食川切 堧而宣切

瓀 椽重緣切 傳 攣閭員切 沿余專切 鉛 櫞 捐 鳶 緣

翾許緣切 儇 蠉 嬛 娟於緣切 悁 員于權切 圓 勬拘員切 卷驅員切

桊 棬 權逵員切 拳 ⿸疒卷 惓 顴 踡 婘 犈

齤 獾 蜷 鬈

仄聲 二十阮二十三旱二十四緩二十五潸

二十六產二十七銑二十八獮二十五

願二十八翰二十九換三十諫三十一

襇三十二霰三十三線通用

上聲

阮五遠切 沅 宛委遠切 婉 腕 踠 䘼 䩩 ⿰韋宛 琬
晼 苑 菀 蜿 遠雨阮切 咺火遠切 愃 諼 暅 烜
綣苦遠切 裷 圈 卷 幰許偃切 攇 ⿰虫憲 犍紀偃切 揵 楗
⿰齒幵語偃切 巘 甗 寋巨偃切 倦 匽於幰切 偃 隁 堰 郾
褗 鶠 鼴 鰋 蝘 反甫遠切 返 ⿰車反 飯父遠切 笲
鵵 晚武遠切 挽 娩
旱下罕切 睅 罕許旱切 厂 熯 侃可旱切 衎 笴古旱切 稈 散蘇旱切
繖 傘 饊 ⿱髟贊子旱切 趲 瓚在坦切 亶多旱切 ⿸疒亶 坦他但切 但蕩旱切

袒誕觛繵蜑嬾落旱切讕

緩戶管切捖澣綄梡莞盌烏管切捥款苦緩切窾

管古緩切琯盥痯逭脘滿母伴切懣鉡補滿切伴部滿切

拌算損管切篹纂祖管切纘酇欑短覩緩切裋斷

疃土緩切緞杜管切卵魯管切暖乃管切餪

潸數板切⿰犭戔楚綰切蝬仕板切撰雛綰切饌赧乃板切戁僩下赧切憪撊

睆戶板切皖綰鄔板切捾昄補綰切板蝂鈑阪部板切魬

產所簡切摌⿰牜産嵼汕滻剗楚限切鏟弗羼

醆阻限切琖棧仕限切輚⿰山戔虥限下簡切簡賈限切襇柬

揀 眼語限切

銑蘇典切 洗 筅 跣 毨 姺 𣐿 扁補典切 匾 緶

萹 辮婢典切 艑 眄弥殄切 典多殄切 腆他典切 覥 倎 淟 殄徒典切

餐 蜓 沴 撚乃殄切 顯呼典切 韅 蜆 晛 繭吉典切 襺

鹼 峴胡典切 睍 犬苦泫切 蜎於泫切 畎古泫切 狷 罥 泫胡犬切 鉉

琄 鞙 駽 鋗

獮息淺切 鮮 燹 癬 蘚 淺此演切 翦子淺切 揃 戩 譾

媊 鬋 籛 謭 踐在演切 俴 餞 選須兗切 巽 雋粗兗切

吮 闡昌善切 幝 嘽 燀 顫旨善切 饘 善上演切 墡 膳

墠 墡 鱓 蟮 鱔 舛（尺兖切） 喘 荈 膞（主兖切） 剸

鱄 輭（乳兖切） 碝 蝡 譔（士免切） 僎 褊（俾緬切） 諞 惼 楩（婢善切）

緬（彌兖切） 愐 勔 湎 沔 辨（平免切） 辯（邦免切） 免（美辨切） 娩 勉

冕 展（知輦切） 襢 輾 蕆（丑展切） 邅（丈善切） 輦（力展切） 謰 璉 轉（陟兖切）

篆（柱兖切） 瑑 臠（力轉切） 孌 遣（去演切） 繾 演（以淺切） 衍 縯 戭

黃 䍃 蜑 蠉（香兖切） 沇（以轉切） 駊 兗 蹇（九件切） 謇 攓

搴 [illegible] 鍵（巨展切） 件 嵃（語蹇切） 甗 讞 卷（古轉切） 弮 捲

去聲

願（魚怨切） 愿 遠（于願切） 瑗 媛 楦（呼願切） 券（區願切） 絭 綣 勸

圈具願切 怨紆願切 獻許建切 憲 建居萬切 健渠建切 楗 鍵 堰於建切 甗牛堰切

鬳 販方願切 畈 飯扶萬切 萬無販切 万 曼 輓 蔓 獌

翰侯旰切 輪 駻 豻 悍 汗 瀚 扞 釬 垾

閈 軒 漢虛旰切 暵 厈 看苦旰切 侃 衎 旰居案切 肝

幹 蘇 骭 榦 涆 按於旰切 案 岸魚旰切 頇 喭

犴 繖先旰切 幓 散 粲蒼案切 璨 燦 㛑 贊則旰切 讚

鬢 禶 趲 瓚 酇 旦得案切 疸 䑗 鴠 炭他案切

歎 憚徒案切 但 彈 爛郎旰切 孏 糷 瓓 讕 難乃旦切

換胡玩切 逭 喚呼玩切 奐 煥 渙 貫古玩切 冠 觀 祼

十四

悺痯館瓘爟灌鑵盥鏆鸛

惋烏貫切腕婉玩五換切翫半博漫切姅絆靽判普半切

泮半沜畔薄半切叛伴縵莫半切幔鞔漫

墁攢徂畔切筭蘇貫切蒜竄七亂切攛爨鑽祖算切鍛都玩切斷

碫彖吐玩切褖段徒玩切斷緞亂盧玩切薍偄奴亂切

諫居晏切晏於諫切䁙騴鷃曣鴈魚澗切贗慣古患切丱

患胡慣切宦轘繯槵豢𥼶襻普患切販慢莫晏切

嫚謾訕所晏切汕疝鏟初諫切棧仕諫切輚虥綰烏患切

孿數患切篡初患切

十五

襉居莧切 間 覸 瞯 澗 莧侯襉切 幻胡辦切 扮博幻切 盼普莧切 辦皮莧切

辦 袒直莧切 羼初莧切

霰先見切 先 蒨倉甸切 茜 綪 倩 篟 薦作甸切 荐才甸切 洊

臶 袸 殿丁練切 唸 瑱他甸切 電堂練切 殿 奠 甸 畋

佃 鈿 淀 澱 靛 闐 塡 練郎甸切 鍊 湅

揀 楝 萰 晛乃見切 見形甸切 現 韅呼甸切 俔輕甸切 蜆 見經甸切

宴伊甸切 讌 醼 咽 嬿 燕 硯倪甸切 趼 豣 縣黃練切

眩 炫 袨 衒 泫 絢許縣切 眴 睊扃縣切 䣺 罥

䭪烏縣切 偏畀見切 片匹見切 麪莫甸切 瞑 眄 礣 㴐 綻丈見切 駽火縣切

線私箭切 箭子賤切 鬋 濺 煎 餞 羨□面切 賤才線切 選須絹切 潠

縓取絹切 漩隨戀切 旋 鏇 縼 嫙 扇式戰切 謆 煽 蝙

戰之膳切 顫 繕時戰切 禪 膳 嬗 擅 單 墠 剸之囀切

釧尺絹切 穿 玔 堧儒囀切 饌七戀切 譔 僎 撰 䐪 纏直碾切

邅 輾女箭切 碾 囀株戀切 轉 傳柱戀切 瑑 戀力眷切 衍延面切 延

莚 涎 譴詰戰切 掾俞絹切 緣 隊 蝝 絹規掾切 狷 悁

彥魚戰切 唁 諺 甗 讞 瑗子眷切 援 媛 褑 院

鍰 楥 眷古倦切 睠 桊 倦逵眷切 便毗面切 面弥箭切 偭 變彼眷切

卞皮變切 汴 弁 抃 忭 玣

十六

第八部

平聲　三蕭四宵五爻六豪通用

蕭先彫切　簫　箾　橚　蟰　䬕　蠨　熽　貂丁聊切　雕

鵰　刁　琱　彫　凋　芀　䑤　鯛　祧他雕切　庣

挑　恌　朓　絛　迢田聊切　跳　佻　髫　齠　調

鞗　條　苕　岧　蜩　鰷　鮡　怊　聊落蕭切　膋

瞭　嘹　飂　僚　寮　寥　遼　撩　嫽　僇

料　敹　廖　鐐　繚　橑　簝　漻　潦　熮

㙩　鷯　蟟　驍古堯切　梟　蟂　澆　膮許幺切　嘵　憢

蹺（牽幺切） 蹻 幺（伊堯切） 怮 紗 堯（倪幺切） 嶢 垚 僥 麃（普遼切）

嬈（褭聊切）

宵（思邀切） 消 霄 颵 逍 痟 綃 銷 硝 翛

㺒 揱 魈 篍（千遙切） 幧 焦（茲消切） 燋 蕉 膲 椒

噍 [illegible] 鐎 蟭 醮 鷦 樵（慈焦切） 憔 譙 猋（卑遙切）

飆 剽 標 摽 杓 幖 熛 藨 篻 旚

贆 髟 漂（紕招切） 嫖 僄 鷅 飄 謤 彯 螵

瓢（毗霄切） 薸 鑣（悲嬌切） 儦 瀌 穮 麃 苗（眉儦切） 描 貓

燒（尸昭切） 弨（蚩招切） 昭（之遙切） 招 釗 韶（時饒切） 軺 玿 饒（如招切） 橈

蕘 超（敕宵切） ⿺風召 朝（陟遥切） 鼂（馳遥切） 朝 潮 遥（餘招切） 媱 傜

繇 飖 窯 鰩 銚 姚 搖 謠 愮 陶

鷂 褕 洮 瑤 猺 筄 鮡 珧 䔄 要（伊消切）

腰 邀 䙅 喓 葽 䳃 翹（渠遥切） 荍 鴞（于嬌切） 妖（於喬切）

夭 囂（虛嬌切） 枵 歊 獢 藃 驕（居妖切） 憍 嬌 鷮

簥 撟 矯 喬（巨嬌切） 僑 嶠 橋 趫 鷸 轎

蕎 蟜

爻（何交切） 肴 姣 誵 殽 筊 崤 淆 交（居肴切） 詨

教 咬 膠 艽 轇 郊 嘐 茭 蛟 鮫

十七

鴞 敲邱交切 磽 墝 虓虛交切 哮 烋 痚 ⿰幽頁於交切 窅
坳 凹 聱牛交切 謷 磝 包班交切 胞 苞 脬披交切 抛
泡 庖蒲交切 炮 咆 跑 鞄 匏 茅謨交切 媌 罞
⿱敄皿 稍師交切 艄 捎 髾 鞘 弰 旓 ⿰衤肖 ⿱稍女
筲 鮹 蛸 ⿰言巢初交切 鈔 訬 ⿰耳巢莊交切 罺 抓 巢鉏交切
轈 嘐陟交切 嘲 颮丑交切 鐃尼交切 呶 譊 怓 撓 猇于包切
豪乎刀切 毫 號 嘷 濠 壕 蒿呼高切 薅 尻邱刀切 栲
高居勞切 皐 羔 膏 餻 櫜 鼛 篙 槔 ⿱艹咎
鏖於刀切 敖牛刀切 遨 翱 摮 慠 嗷 熬 嶅 鏊

鼇 熬 螯 鷔 驁 獒 璈 褒博毛切 袍蒲褒切 毛莫袍切

髦 髳 耄 旄 芼 酕 騷蘇遭切 搔 繅 臊

鱢 鰠 溞 艘 颾 慅 𥳓 操倉刀切 糟作曹切 遭

曹財勞切 嘈 褿 槽 艚 漕 螬 傮 刀都勞切 魛

忉 舠 饕他刀切 叨 慆 詜 絛 韜 弢 䑬

滔 駋 陶徒刀切 燾 淘 濤 䬞 掏 逃 翿

鼗 鞫 醄 謟 咷 萄 桃 檮 綯 騊

蜪 幬 勞郎刀切 嘮 澇 牢 簩 醪 撈 蟧

𤢣 猱奴刀切 猫

入聲作平聲

學（奚交切）鷽翯⿱學木嶨壆剝（巴毛切）駁爆雹

骲懪鰒瓟博髆餺搏鎛欂

泊薄簙箔礴鉑亳樸（葩毛切）朴撲

粕浞（雛梢切）鷟濁濯擢戳鐲⿱雨翟縛（房包切）

皭（齊消切）嚼杓（繩昭切）芍汋著（池燒切）噱（其交切）醵臄篗（移交切）

鐸（多勞切）度⿰忄度剫踱喥睪昨（慈騷切）酢鑿

柞笮⿰糸乍怍鶴（何高切）貉涸穫（黃高切）鑊濩

艧（於包切）蠖⿰馬蒦

仄聲　二十九篠三十小三十一巧三十二晧

三十四嘯三十五笑三十六效三十七

号通用

上聲

篠（先了切）[illegible]謏鳥（丁了切）蔦[illegible]朓（土了切）窱窕（徒了切）挑

掉嬥了（朗鳥切）繚[illegible]瞭憭嫽舠[illegible]

釕蓼㙩褭（乃了切）嬝嫋[illegible]嬈皛（胡了切）[illegible]

杳（伊鳥切）窅窈騕葽窔鷕磽（倪了切）曉（馨鳥切）膮

皎（吉了切）皦璬[illegible]繳恔僥

小思兆切悄七小切剿子小切勦少始紹切沼止少切紹市沼切佋袑擾而沼切
繞遶趙直紹切肇晁兆垗旐駣
狣鮡絩溔以紹切杳夭於兆切殀麇矯居夭切撟
敿憍譑蹻蟜鱎褾俾小切縹匹沼切醥篻
摽婢小切藨膘鰾眇弭沼切渺淼藐篎秒
杪表彼小切婊被表切
巧苦絞切絞吉巧切狡攪筊鉸姣佼咬拗於絞切
曉齩五巧切飽博巧切鮑部巧切骲靤卯莫飽切泖媌昴
茆稍山巧切炒楚絞切訬爪側絞切蚤笊抓獠竹狡切

二十

皓下老切 翯 昊 顥 皓 皡 浩 灝 鎬 鄗

鰝 好許皓切 考苦浩切 薧 拷 栲 杲古老切 縞 槀 菒

櫜 笴 槁 媼烏浩切 燠 襖 懊 寶補抱切 葆 鴇

堡 保 褓 抱薄浩切 蓩武道切 媢 芼 嫂蘇老切 燥 埽

草采早切 懆 慅 早子皓切 蚤 璪 澡 璅 繅 繰

棗 藻 皁在早切 梍 造 倒覩老切 擣 禱 島 懤

討土皓切 套 道杜皓切 稻 纛 老魯皓切 恅 轑 橑 藔

栳 潦 澇 腦乃老切 惱 瑙

入聲作上聲

覺江杳切 角 捔 桷 搉 榷 較 珏 腳 蹻

屩 殼邱杳切 觳 愨 確 埆 矍 攫 躩 钁

玃 卻 恪 渥衣皎切 喔 齷 握 幄 約 葯

剝博考切 駮 爆 朔聲卯切 數 槊 削 齪齋卯切 捉之卯切 斮

穛 穱 斲 琢 焯 椓 㧻 卓 踔 倬

諑 啄 涿 灼 勺 酌 妁 礿 斫 著

浞青小切 鷟 碏 趞 散 鵲 爵精小切 雀 爝 鑠商沼切

爍 綽痴繞切 婥 謔希皎切 託湯老切 橐 柝 拓 魄 籜

飥 博邦卯切 髆 襮 搏 鎛 索桑草切 㩳 鎍 錯倉掃切

造 作（臧埽切） 鑿 柞 臛（阿杲切） 郝 壑 嗃 熇 各（岡懊切）

閣 惡（阿杲切） 堊 鄗（枯卯切） 䡷 擴 漷 郭（沽卯切） 椁 彍

去聲

嘯（先弔切） 熽 弔（多嘯切） 釣 糶（他弔切） 眺 覜 頫 趒 調（徒弔切）

掉 銚 蓧 藋 跳 嫽（力弔切） 璙 嘹 料 鐐

廖 尿（奴弔切） 竅（詰弔切） 叫（吉弔切） 嘂 噭 儌 窔（一叫切）

笑（仙妙切） 肖 鞘 峭（七肖切） 悄 哨 俏 帩 醮（子肖切） 釂

䁟 僬 爝 勦 噍（才笑切） 誚 少（失照切） 燒 照（之笑切） 詔

邵（時照切） 劭 饒（人要切） 繞 召（直笑切） 燎（力照切） 療 獠 鷯 燿（弋笑切）

曜燿鷂要一笑切䙅嶠渠廟切轎勡匹妙切剽僄

漂彯驃毗召切票妙弥笑切裱彼廟切廟眉召切

効後教切傚斆恔校孝許教切磽口教切教居效切覺校

較窖珓挍絞靿於教切岰袎詏樂五教切

豹巴校切犦爆儤趵窌披教切炮礮皰皮教切靤

鉋泡貌眉教切稍所教切鈔初教切抓阻教切笊罩陟教切趠丑教切踔

櫂直教切橈奴教切淖閙

号後到切號耗虚到切好犒口到切靠誥居号切告郜膏

檮奥於到切隩燠懊傲五到切奡驁報博号切暴薄報切

虣醪帽莫到切冒瑁耄眊媢鶜芼

艒喿先到切燥譟懆操七到切造慥糙竈則到切

躁漕在到切到刀号切倒韜叨号切套導大到切翿纛燾

盜悼蹈勞郎到切嫪潦

入聲作去聲

嶽姚叫切岳樂鸑藥躍礿瀹爚龠

籥鑰約犖郎到切洛酪落絡珞樂

烙駱雒末忙報切沫抹秣莫幕漠

瞙膜摸瘼寞鏌弱入照切蒻若箬

芍 略卽弔切 掠 諕年要切 虐 瘧 䨃於暴切 㜸 諾奴到切 惡昂告切

咢 噩 噩 諤 愕 鄂 崿 蕚 鍔 鶚

鱷

第九部

平聲 七歌八戈通用

歌居何切 哥 柯 牁 菏 珂邱何切 軻 訶虎何切 呵 阿於河切

㖷 痾 何胡歌切 河 荷 苛 莪牛何切 䄉 哦 娥

䳗 峨 鵝 俄 蛾 睋 娑桑何切 挱 髿 些

蓌 桫 蹉倉何切 瑳 搓 磋 傞 𪗨 醝才河切 鹺

瑳 瘥 䴾 嵯 蒫 髊 艖 多當何切 他湯何切 拖

駝唐何切 佗 馱 驒 狏 鮀 鼉 沱 陀 迱

跎 袉 酡 紽 羅良何切 蘿 籮 饠 𬇙 欏

囉 邏 鑼 䙨 𩹷 那諾何切 儺 哪 䕇 難

挪

戈古禾切 過 鍋 緺 㗻 科苦禾切 窠 薖 蝌 髁

倭烏禾切 渦 窩 和胡戈切 禾 吪吾禾切 訛 囮 波逋禾切 番

碆 頗滂禾切 坡 陂 婆蒲波切 鄱 皤 摩眉波切 磨 麽

魔 蓑蘇禾切 莎 桫 梭 莏 娑 髿 唆 趖

鮀 矬徂禾切 痤 銼 垜都戈切 裸 訑上和切 牠徒禾切 堶 蠃落戈切

騾 螺 樏 鏍 挼奴禾切 鞾呼肥切 肥於鞾切 瘸巨鞾切 伽永迦切 茄

迦居伽切

入聲作平聲

學央哥切 濁之磨切 躅 濯 擢 鐲 躅 佛浮波切 縛 孛邦磨切

勃 誖 浡 埻 焞 餑 鵓 曷杭哥切 褐

毼 鞨 鶡 鶴 合 郃 盒 盍 闔 嗑

榼 溘 活華戈切 越 豁 濊 斡 括 穫 鑊

跋巴磨切 拔 犮 魃 軷 鈸 茇 博 泊 薄

箔鑮礴髆毫杓鉏戈切鐸東挪切度昨藏梭切酢
鑿筰作
仄聲三十三哿三十四果三十八箇三十九
過通用
上聲
哿賈我切舸笴菏戨可口我切軻坷荷下可切閜倚可切
旖椏婀我五可切硪騀左子我切彈典可切哆姼
癉拕待可切爹柁舵砢朗可切攞邏娜乃可切那
旇袲橠縒想可切磋娑瑳此我切鬌

果古火切 裹 輠 蜾 顆苦果切 堁 敤 火虎果切 禍戶果切 夥

婐烏果切 姽五果切 跛布火切 駊 播 簸 頗普火切 叵 麽母果切 鎖損果切

瑣 脞取果切 硰 坐粗果切 朶丁果切 ⿰糸朶 垜 ⿰革朶 鬌 ⿰礻朶

埵 妥吐火切 ⿰山妥 惰杜果切 嫷 墮 ⿱⺮隋 鰖 裸郎果切 卵

臝 蓏

入聲作上聲

璞葩我切 朴 扑 粕 數双可切 齪揣果切 浞 捉之果切 琢 椓

卓 啄 涿 曷何果切 餲 遏 閼 頞 惡 喝呼可切

猲 渴康火切 ⿸疒曷 葛岡我切 割 ⿰氵葛 轕 各 閣 閤

二十五

合 詥 鴿 蛤 抹麻可切 活爪我切 括 聒 适 栝

鴰 郭 豁花果切 濊 涸 藿 矐 霍 癨 濶匡果切

斡蛙果切 捾 艧 鸌 撥巴我切 跋 襏 鉢 鱍 茇

膊 搏 撮倉瑣切 錯 繓臧鎖切 攥 作 掇當火切 剟 裰

咄 脫湯果切 梲 索思左切 廓匡我切 擴

去聲

箇居賀切 个 個 呵呼个切 呼 坷口箇切 ⿰齒可 賀何佐切 餓五个切 䶵

些四箇切 磋千个切 蹉 左則个切 佐 作 癉丁賀切 馱唐佐切 大 邏郎佐切

那乃箇切

過古臥切 裹 貨呼臥切 課苦臥切 髁 堁 和胡臥切 涴烏臥切 臥吾貨切 播補過切
譒 簸 嶓 破普過切 頗 磨莫臥切 摩 剉寸臥切 莝 銼
挫則臥切 侳 蓌 座徂臥切 坐 桗都唾切 剁 唾吐臥切 蜕 惰徒臥切
媠 挼盧臥切 懦乃臥切 糯 縛符臥切

入聲作去聲

末忙播切 袜 沫 抹 秣 莫 幕 漠 膜 摸
瘼 寞 鏌 捋郎貨切 剢 洛 酪 落 絡 樂
烙 弱如臥切 蒻 若 箬 諾乃箇切 惡俄个切 堊 咢 噩
諤 愕 鄂 崿 萼 鶚 鱷

第十部

平聲 十三佳半 九麻通用

佳（居涯切） 涯（宜佳切） 娃（於佳切） 哇 洼 媧（公蛙切） 緺 騧 蝸 蛙（烏媧切）

麻（謨加切） 蟆 葩（披巴切） 舥 巴（邦加切） 蚆 豝 芭 笆 鈀

疤 爬（蒲巴切） 杷 琶 跁 些（思嗟切） 嗟（咨邪切） 罝 蒫 邪（徐嗟切）

斜 奢（詩車切） 賒 車（昌遮切） 硨 遮（之奢切） 奓 謶 闍（時遮切） 佘

蛇 荼 沙（師加切） 砂 髿 紗 裟 鯊 叉（初加切） 杈

差 靫 艖 樝（莊加切） 齇 皻 [illegible] 渣 㴙 髽（莊華切）

查（鉏加切） 虘 楂 爹（陟邪切） 檛（張瓜切） 撾 侘（敕加切） 秅（直加切） [illegible] [illegible]

茶 挐女加切 詉 笯 摣 耶余遮切 椰 琊 鎁 揶

䓉 椰 遐何加切 蝦 鍜 霞 豭 瑕 騢 碬

鞎 蕸 煆虛加切 谺 岈 呀 閜 𩑶邱加切 嘉居牙切 加

家 珈 袈 跏 痂 瘕 枷 迦 笳 葭

茄 猳 犌 麚 鴉於加切 椏 丫 啞 牙五加切 齖

芽 枒 衙 華胡瓜切 驊 鷨 𧒭 划 譁呼瓜切 花

誇枯瓜切 夸 荂 姱 胯 瓜姑華切 抓 窊烏瓜切 窪 汙

呱 靴許茄切

入聲作平聲

豩渠靴切掘撅橜鐝⿱厥月月胡靴切穴揭其耶切竭

碣傑桀搩伐扶加切罰垡閥瞂筏

乏䟢牙瓜切柉怛當加切妲靼闥撻達沓

䵬誻踏遝涾⿰馬沓榙蹋闒⿱沓羽

滑呼佳切猾拔邦佳切鈸耋田耶切絰凸跌迭咥

垤軼瓞眣牒楪諜喋揲疊

㲲堞蝶鰈艓蹀纈奚耶切襭擷頁

頡蹩邦耶切捌癟別絕全靴切踅徐靴切舌繩遮切折涉

哲長蛇切徹撤轍蟄輒雜玆沙切雥磼閘鉏加切

二十七

插霅喋睫全斜切婕捷踕協希耶切叶勰
裌脅愶挾奚加切俠洽祫峽狹硤
烚祫狎匣柙押帢欺牙切

仄聲　三十五馬十五卦半四十禡通用

上聲

馬毋下切瑪把補下切笆寫洗野切瀉且七也切姐子野切灺似也切捨始野切
舍撦齒者切者止野切赭社常者切惹人者切若喏灑所下切鮓側下切
槎仕下切䋏奼丑下切野以者切也冶下亥雅切夏廈閜許下切
賈古馬切斝假嘏瘕檟椵搲烏瓦切啞倚下切婭

二十八

雅(五下切) 房 踝(戶瓦切) 輠 觟 鮭 髁(苦瓦切) 峆 寡(古瓦切) 𥧼

𥯤 剮 瓦(五寡切) 【增補】 打(當雅切) 耍(霜馬切) 那(奴打切)

入聲作上聲

闕(區也切) 闋 鈌 厥(居也切) 瘚 劂 蹶 蕨 蟨 玦

䫻 觖 決 抉 訣 譎 駃 鴂 歇(希也切) 蠍

猲 血 泬 烕 嚇 熁 嗋 揭(机也切) 羯 偈

謁(衣也切) 暍 髮(方雅切) 發 法 躠(殺賈切) 薩 撒 趿 靸

鈒 馺 颯 卅 闥(湯打切) 撻 達 澾 獺 塔

嚃 漯 榻 塌 遢 𦑣 闒 戛(江雅切) 秸 恝

夾裌韐甲胛穵烏寡切札莊洒切扎紮蚻

劄八邦雅切朳殺双鮓切煞鎩歃翣啑箑

蓵霎察抽洒切臿鍤插瞎香假切呷諕刮公瓦切

刷双寡切屑先也切糏薛褻媟契洩躠楔

燮躞切倉姐切竊妾唼節茲野切癤接楫

鐵湯也切餮驖帖怗貼挈邱也切契蛣客

篋愜怯結飢也切桔拮潔鍥孑頰

筴鋏莢刧撆偏也切瞥嫳雪須也切蕝爼野切檇

設商者切攝葉韘歙掣昌惹切轍徹撤澈

浙張惹切 晣 折 哲 蜇 讋 慴 摺 褶 啜樞者切

拙朱惹切 梲 茁 輟 惙 畷 剟 說書者切 鼈邦也切 鷩

別 姶何寡切 罨 帀茲瓦切 咂 噆 荅當雅切 搭 踏 褡

嗒 笈其雅切 恰強雅切 掐

去聲

卦古畫切 挂 註 罣 畫胡卦切 絓

禡莫駕切 罵 ⿰言馬 帊普駕切 怕 霸必駕切 壩 灞 靶 弝

欛 杷步化切 穲 卸四夜切 瀉 蝑 借子夜切 唶 謝詞夜切 榭

褯慈夜切 躤 藉 舍式夜切 厙 赦 騇 柘之夜切 蔗 炙

鷓 射（神夜切）麝 貰 嗄（所嫁切）詐（側架切）笮 溠 乍（鉏駕切）蜡

咤（陟嫁切）奼 詫（丑亞切）侘 秺（除駕切）夜（羊謝切）鵺 偌（人夜切）暇（亥駕切）下

夏 罅（虛訝切）嚇 駕（居迓切）架 價 假 嫁 幏 稼

亞（衣駕切）婭 啞 稏 ⿰亞欠 訝（魚駕切）迓 齖 砑 庌

華（胡化切）摦 樺 鱯 話 化（火跨切）跨（枯化切）胯 窊（烏化切）⿰𧾷瓜

搲 汊（楚嫁切）杈 衩

入聲作去聲

月（魚夜切）刖 軏 越 鉞 曰 粵 樾 蠘 狘

悅 閱 韈（忘駕切）剌（那架切）辣 揧 拉 拹 臘 蠟

鑯 䜸 攕 末忙霸切 帓 袜 沬 抹 秣 劼羊架切

刮 鬝 軋 猰 鳦 比 魟 押 壓 鴨

摩 茁鄒話切 刷所嫁切 妠奴亞切 納 衲 抐 軜 涅尼夜切 埕

篞 捻 苶 齧 闑 臬 隉 蜺 嵲 孽

蠥 蘖 櫱 聶 鑷 躡 顳 乜迷夜切 懱 𡾰

瞸 篾 蠛 滅 熱仁蔗切 若 爇如蔗切 呐 列郎夜切 烈

洌 冽 裂 蛚 茢 鬛 獵 躐 劣閭夜切 𨀛

鋝 埒 拽移借切 葉移社切 鍱 饁 業 鄴

詞林正韻卷中

詞林正韻卷下

吳縣戈　載順卿輯

第十一部

平聲　十二庚十三耕十四清十五青十六蒸十七登通用

庚居行切　賡　更　秔　羹　鶊　坑丘庚切　砊　亨虛庚切　脝
行何庚切　衡　珩　桁　蘅　橫胡盲切　黌　觵姑橫切　祊晡橫切　騯
浜　磞披庚切　泙　烹　澎　彭蒲庚切　輣　棚　膨　蟛
盲眉庚切　蝱　橕中庚切　瞠抽庚切　棖除庚切　振　鬡尼庚切　兵晡明切　平蒲兵切　評

坪枰苹明眉兵切盟鳴生師庚切甥笙牲

狌甝鎗楚庚切槍鎗傖鋤庚切京居卿切荆驚麖

卿邱京切擎渠京切勍黥檠鯨迎魚京切英於京切瑛霙

榮于平切嶸瑩縈兄呼榮切

耕古莖切鏗邱耕切摼硜牼娙魚莖切罌於莖切甇嚶鸎

鶯櫻譻莖何耕切宏乎萌切閎紘鋐翃泓烏宏切

訇呼宏切渹鍧轟琤初耕切錚爭甾莖切箏猙崢鉏耕切

鬇丁中莖切橙除耕切瞪儜尼耕切薴獰繃悲萌切怦披耕切姘

伻砰弸蒲萌切甍謨耕切萌甿氓

清親盈切 精咨盈切 晶 菁 鶄 蜻 睛 旌 箐 餳徐盈切

情慈盈切 晴 觪思營切 騂 并卑盈切 栟 名武并切 洺 聲書盈切 征諸盈切

正 鉦 怔 鯖 成時征切 郕 城 誠 盛 晟

禎知盈切 貞 楨 檉丑貞切 赬 蟶 呈馳貞切 程 酲 裎

跉呂貞切 令 盈怡成切 楹 嬴 嬴 瀛 贏 籯 輕去盈切

鑍 甖 嬰伊盈切 纓 攖 癭 營維傾切 塋 瀯 傾去營切

瓊葵盈切 煢 惸 縈娟營切 縈

青倉經切 綪 星桑經切 惺 醒 箵 腥 猩 竮傍丁切 甹

荓 簈 俜 瓶旁經切 軿 屏 萍 箳 恲 冥忙經切

顯幎銘溟蓂螟丁當經切釘玎疔

仃叮虰聽湯丁切廳汀綎桯町庭唐丁切

廷亭停渟婷霆莛鼮蜓楟

靈郎丁切零泠伶竛聆鈴玲醽酃

齡囹瓴櫺舲軨苓笭羚鴒

翎蛉寧奴丁切嚀⿰虫寧經古零切涇馨呼刑切蛵形乎經切

刑硎型鉶陘⿰巠阝邢娙滎戶扃切螢

扃涓熒切坰駉

蒸諸仍切烝脀承辰陵切丞繩神陵切憴乘澠塍

繩 升(書蒸切) 昇 陞 勝 稱(蚩承切) 偁 仍(如蒸切) 礽 陾

艿 冰(悲陵切) 掤 淜(披冰切) 砅 凭(皮冰切) 憑 馮 繒(慈陵切) 鄫

驓 橧 嶒 甑 噌 徵(知陵切) 癥 僜(丑升切) 澄(持陵切) 懲

陵(閭承切) 淩 凌 輘 棱 綾 崚 菱 鯪 庱

碐 蠅(余陵切) 膺(於陵切) 應 鷹 䗶 譍 凝(魚陵切) 興(虛陵切) 磳(七冰切)

兢(居陵切) 矜 娔

登(都滕切) 燈 㲪 簦 䔲 騰(徒登切) 滕 謄 幐 縢

滕 藤 䲢 鰧 籐 棱(盧登切) 楞 能(奴登切) 崩(悲朋切) 朋(蒲登切)

鵬 堋 輣 瞢(武登切) 儚 䒐 僧(思登切) 鬙 增(作滕切) 曾

噌 罾 矰 層徂稜切 曾 增 揯居曾切 緪 鮔 恒胡登切

峘 薨呼肱切 肱古薨切 宏胡肱切 軦

仄聲 三十八梗三十九耿四十靜四十一迥

四十二拯四十三等四十三映四十四

諍四十五勁四十六徑四十七證四十

八嶝通用

上聲

梗古杏切 哽 鯁 骾 綆 埂 杏下梗切 荇 礦古猛切 猛母梗切

艋 蜢 打都冷切 炳百猛切 浜 冷魯打切 丙補永切 昺 怲 蛃

邴 秉 病 皿眉永切 省所景切 眚 瘖 影於境切 璟 景舉影切

璥 境 儆 警 檄 永于憬切 憬俱永切 暻 囧 詳虎梗切

耿古幸切 幸下耿切 倖 悻 黽母耿切 鼆 鱦

靜疾郢切 竫 婧 阱 猙 靚 省息井切 惺 渻 箵

箄 誁比靜切 井子郢切 整之逞切 逞丑郢切 騁 裎 悜 領里郢切 嶺

袊 頸居郢切 癭於郢切 郢以井切 梬 潁庾頃切 穎 頃犬潁切 餅必郢切 鉼

併 屏

迥戶茗切 泂 炯 絅 詗火迥切 褧犬迥切 熲古迥切 餇 婞下頂切 脛

涬 謦去挺切 𪎊 剄古頂切 頩普迥切 竝部迥切 茗母迥切 嫇 酩 溟

冥 醒銑挺切 頂都挺切 玎 鼎 酊 珽他頂切 艇 侹 頲

町 鋌 挺待鼎切 艇 梃 娗 莛 濘乃挺切 甯

拯之庱切 癥 庱丑拯切 殑色拯切 冼

等得肯切 肯苦等切

去聲

映於敬切 敬居慶切 璥 曔 竟 獍 鏡 更居孟切 䙬於孟切 硬魚孟切

行下孟切 絎 橫戶孟切 孟莫更切 蜢 倀猪孟切 偵 蟚 幀 柄陂病切

怲 炳 病皮命切 命眉病切 瀙楚慶切 慶邱敬切 競渠映切 儆 檠 迎魚敬切

詠爲命切 泳 禜 醟

四

諍側迸切 迸北諍切 偋蒲迸切

勁堅正切 輕牽正切 敻虛政切 詗 摒卑正切 併 聘匹正切 娉 性息正切 姓

婧七正切 凊 倩 淨疾正切 瀞 穽 靚 請 聖式正切 正之盛切

政 証 盛時正切 偵丑正切 遉 鄭直正切 令力正切

徑古定切 經 逕 陘 剄 罄詰定切 磬 [illegible] 謦 脛形定切

瑩烏定切 瀅 瞑莫定切 暝 靘千定切 矴丁定切 釘 訂 飣 定

頲 聽他定切 庭 定徒徑切 錠 奠 甯乃定切 佞 濘

證諸應切 烝 勝詩證切 稱昌孕切 乘石證切 賸 甸 甑子孕切 繒 凭皮孕切

瞪丈證切 凌里孕切 孕以證切 媵 興許應切 應於證切 凝牛孕切

隥丁鄧切 嶝 磴 鐙 凳 墱 鄧臺亘切 蹬 滕 堋逋鄧切

懵毋亘切 艚 蹭七鄧切 贈作亘切 亘居鄧切 絚

第十二部

平聲 十八尤十九侯二十幽通用

尤于求切 疣 郵 訧 休虛尤切 庥 咻 髹 貅 鵂

烋 邱袪尤切 蚯 惆尼猷切 鳩居尤切 朻 求渠尤切 裘 俅 絿

仇 叴 逑 毬 捄 觩 頄 鼽 釚 銶

球 賕 艽 朹 牛魚尤切 懮於求切 優 憂 瀀 麀

櫌 怮 蚴 呦 由夷周切 揄 卣 遊 繇 猶

猷悠攸滺油櫾槱輶庮鮋

蝣蝓儵峳輈張流切啁譸盩侜鵃

抽丑鳩切妯瘳儔陳留切躊幬禂紬綢疇

裯籌檮留力求切遛劉懰瘤鏐旒

斿琉裗硫榴流瀏飀騮駵

𪕒鶹蟉鎏脩思留切羞滫鱐秋雌由切鞦

篍楸鶖湫鰍鱃愀揫將由切[illegible]啾

楢囚徐由切泅鮂酋字秋切遒蝤收口周切荍犨蚩周切

周之由切賙州洲舟婤喌讎時流切酬詶

鬏　柔而由切　揉　蹂　鶔　搜踈鳩切　廋　蒐　鄋　叟

鎪　颼　溲　搊初尤切　掫　篘　謅　鄒側鳩切　鄹　陬

緅　菆　棷　騶　媰　娵　愁士尤切　不方鳩切　鴀　紑

浮房尤切　涪　桴　莩　烰　罘　蜉　謀迷浮切　眸　侔

牟　麰　矛　蝥　蛑　蟊

侯胡溝切　猴　鍭　喉　餱　篌　謳烏侯切　嘔　歐　漚

區　甌　鷗　彄墟侯切　摳　鏂　⿰目堯　齁呼侯切　鉤居侯切　句

枸　軥　冓　溝　韝　褠　篝　抔蒲侯切　瓿　棓

踣　掊　裒　涑先侯切　諏將侯切　⿰取刂徂侯切　鯫　兜當侯切　偷他侯切　媮

十六

頭徒侯切投骰婁郎侯切樓廔塿僂髏慺
謱褸耬摟簍蔞貗螻
幽於虯切泑髟必幽切彪瀌平幽切滮樛居虯切朻糾鬮
虯渠幽切璆繆亡幽切

入聲作平聲

叔賒周切倏祝張柔切喌粥孰商由切熟塾淑婌
蜀蠋贖逐直由切妯柚軸舳

仄聲　四十四有四十五厚四十六黝四十九
宥五十候五十一幼通用

上聲

有云九切 右 友 栯 朽許久切 糗去久切 九己有切 久 玖 韭

臼巨九切 舅 萶 咎 懮於九切 酉以九切 牖 羑 誘 卣

槱 琇 莠 缶俯九切 否 婦扶缶切 負 阜 蝜 萯

滫息有切 醙 酒子酉切 愀 首始九切 手 守 帚止酉切 鯞 醜齒九切

受是酉切 授 綬 壽 蹂忍九切 揉 溲所九切 醙 獀 鯫士九切

肘陟桺切 丑敇九切 杽 紂丈九切 桺力九切 罶 懰 綹 瀏 飀

輶 紐女九切 忸 鈕 扭 狃 杻

厚很口切 后 後 郈 呴許后切 吼 犼 口去厚切 叩 扣

敂釦耇舉后切訽玽垢茍笱狗

枸毆於口切嘔偶語口切耦藕掊彼口切剖普后切蔀部薄口切

培瓿錇母莫後切拇踇畝某䳇牡

莽姆叟蘇后切瞍嗾廋擻藪籔趣此苟切

棷走子口切斗當口切抖陡蚪妵他口切黈鋀徒口切銗

塿朗口切嶁嘍⿰麥婁簍穀乃后切

黝於糾切怮眑岰泑蚴糾居黝切赳朻鬮

蟉渠糾切

入聲作上聲

宿（西有切）菽（賖九切）叔倏俶縮束祝（張有切）喌粥

竹竺筑燭

去聲

宥（尤救切）又右佑祐侑酭痏囿齅（許救切）

糗（邱救切）救（居又切）究疚灸廄舊（巨救切）柩鮥狖（余救切）

鼬褎柚櫾副（敷救切）覆仆富（方副切）鍑復（扶富切）

秀（息救切）琇繡鏽宿僦（即就切）岫（似救切）袖就（疾僦切）鷲

狩（舒救切）守獸首臭（尺救切）咒（職救切）授（承咒切）綬壽售

輮（如又切）蹂肉瘦（所救切）造（初救切）簉縐（側救切）甃㑳皺

驟鉏救切 僽 晝陟救切 咮 畜丑救切 胄直祐切 宙 籀 酎 溜力救切

霤 廇 餾 塯 窌 瘤 糅女救切 狃

候下遘切 堠 郈 逅 後 鍭 鱟 鲘 后 厚

詬許候切 吼 蔻 寇邱候切 扣 釦 冓居候切 構 遘 覯

媾 姤 購 句 彀 雊 韝 鷇 搆 漚於候切

䡱 戊莫候切 茂 楙 袤 懋 瞀 姆 蓩 貿

雺 漱先奏切 嗽 嗾 湊千候切 輳 鏃 腠 楱 蔟

奏則候切 走 鬭丁候切 [illegible] 透他候切 豆大透切 餖 脰 逗 酘

竇 窬 荳 讀 漏郎豆切 陋 鏤 嶁 耨乃豆切 譳

九

幼伊謬切 柚 䡂己幼切 覞輕幼切 蜈 謬靡幼切 繆

入聲作去聲

肉如咒切 辱 蓐 褥 縟 溽 鄏 六良又切 陸 勠

戮 僇 朒濵幼切 恧 衄 畜昌壽切

第十三部

平聲 二十一侵獨用

侵千尋切 駸 浸 綅 心思林切 杺 祲咨林切 梫 尋徐心切 鐔

鬵 灊 潯 鄩 燖 樳 鱏 深式針切 斟諸深切 鍼

箴 瑊 葴 諶時任切 忱 煁 湛 壬如林切 任 妊

紝 䳱 森所今切 槮 蓡 穇 棽 滲 摻 嵾初簪切

簪側吟切 岑鉏針切 涔 梣 𨃰 砧知林切 椹 琛丑林切 賝 郴

沈持林切 霃 [illegible] [illegible] 魫 林犂針切 箖 臨 琳 霖

淋 痳 淫夷針切 霪 蟫 愔伊淫切 窨 音於金切 陰 霒

瘖 喑 吟魚音切 崟 歆虛金切 廞 欽祛音切 衾 嶔 今居吟切

金 衿 襟 禁 琴巨金切 擒 庈 黔 芩 檎

禽

仄聲　四十七寑五十二沁通用

上聲

寑七稔切 浸 鋟 梫 㾛 罧斯荏切 蕈慈荏切 審式荏切 諗 瞫

淰 魫 沈 腍 嬸 瀋昌枕切 枕章荏切 甚食荏切 葚 訦

飪忍甚切 稔 恁 衽 荏 棯 痒所錦切 潹 稟筆錦切 品丕錦切

踸丑甚切 朕直稔切 黱 [illegible] 黮 廩力錦切 懍 凜 錦居飲切 噤渠飲切

唫 顉 澿 飮於錦切 怎子飲切

去聲

沁七鴆切 浸子鴆切 祲 䐶 枕之任切 甚時鴆切 侺 妊如鴆切 任 衽

紝 鵀 恁 滲所禁切 槮 讖楚譖切 譖側禁切 揕知鴆切 鴆直禁切 臨力鴆切

菻 賃女禁切 禁居蔭切 僸 [illegible] 𡬎巨禁切 噤 澿 紟 妗

十

蔭於禁切 廕 醅 窨 喑 飲 深式禁切 㾕 搇邱禁切 吟宜禁切

鐔尋浸切 蕈 森所禁切

第十四部

平聲 二十二覃二十三談二十四鹽二十五沾二十六咸二十七銜二十八嚴二十九凡通用

覃徒南切 譚 潭 橝 蟫 趯 鐔 醰 醰 曇

堪 藫 貪他含切 探 耽丁含切 酖 妉 湛 眈 婪盧含切

嵐 南那含切 男 柟 諵 毿蘇含切 鬖 慘 參倉含切 驂

簪祖含切 鐕 撍 蠶祖含切 嵅呼含切 䤴 谽 唅 蜬 龕枯含切

堪 戡 弇姑南切 淦 含胡南切 函 顄 頷 涵 鋡

䈄 蜬 諳烏含切 鵪 媕 韽 黭 盦 庵 菴

唵吾含切

談徒甘切 郯 惔 倓 痰 餤 錟 舑他甘切 聃 儋都甘切

擔 甔 藍盧甘切 籃 襤 三蘇甘切 慙昨甘切 鏨 蚶呼甘切 憨

坩枯甘切 甘沽三切 磨 泔 柑 疳 姏 苷 酣胡甘切 邯

魌 魽 笘七甘切 蚺汝甘切

鹽余廉切 檐 櫩 閻 閹 阽 讇 棪 厭一檐切 黶

銛思廉切纖綅孅襳摻暹𩆵㶪瀸

籤七廉切簽僉憸鋟子廉切尖漸熸蔪爓徐廉切

潛昨檐切灊鬵燂燖苫詩廉切痁襜處占切幨詹之廉切

瞻占沾蟾薝鸇噡棎時占切撏髥如占切

䛁衻柟霑知廉切覘丑廉切廉力檐切帘匳䭠鐮

螊簾黏尼占切䬯炎于廉切淹央炎切閹崦𥟍鹻牛廉切

噞嶮箝其淹切拑靲鉗鈐鍼黔黚

羬砭悲廉切

沾他兼切添𥖁䯠丁兼切甜徒兼切餂恬湉鬑勒兼切磏

鮎（奴兼切） 拈 馦（許兼切） 謙（苦兼切） 兼（堅嫌切） 縑 鶼 [米兼] 蒹 [罒兼]

鰜 嫌（戶兼切）

嚴（魚杴切） 巖 [僉韋]（盧嚴切） 杴 薟 忺 欦（邱嚴切） [厂欦] [山虎] 醃（於嚴切）

腌

咸（胡讒切） 諴 鹹 函 輱 鰔 蝛 葴 瑊 椷

緘（居咸切） 黬 嵒（魚咸切） 碞 攕（師咸切） 摲 讒（士咸切） 儳 纔 饞

[革毚] 毚 獑 詀（知咸切） 喃（尼咸切）

銜（乎監切） 監（居銜切） 㔋 礛 嵌（邱銜切） 巖（五銜切） 礹 衫（所銜切） 縿 彡

髟 杉 芟 欃（初銜切） 攙 巉（鉏銜切） 嶃 鑱 劖 [犭毚]

凡符芝切 帆 颿 芝甫凡切

仄聲 四十八感四十九敢五十琰五十一忝五十二儼五十三豏五十四檻五十五范五十三勘五十四闞五十五豔五十六栝五十七驗五十八陷五十九鑑六十梵通用

上聲

感古禫切 䃭 灨 鱤 坎苦感切 惂 輡 轗 欿 埳

顑 頷戶感切 顄 撼 菡 蜭 晻鄔感切 黭 黤 唵

闇 醃 糝（桑感切） 槮 慘（七感切） 憯 噆 黲 寁（子感切） 歜（徂感切）

紾 黕（都感切） 眈 衴 紞 襑（他感切） 肬 監 嗿 禫（徒感切）

髧 䊤 醰 嘾 窞 黮 霮 萏 壈（盧感切） 轗

湳（乃感切） 罱

敢（古覽切） 橄 喊（虎覽切） 澉（胡敢切） 槧（在敢切） 鏨 嵌 膽（覩敢切） 𥖁 黵

呥 菼（吐敢切） 緂 毯 裧 啖（杜敢切） 澹 淡 憺 覽（盧敢切）

擥 欖 灠

琰（以冉切） （琰） 剡 舕 扊 棪 黶（於琰切） 黤 魘 擪

甗 檿 厴 醶（七漸切） 塹 憸 漸（疾染切） 磛 蔪 閃（失冉切）

潤睒覢陜颭職琰切冉而琰切姌染苒䇣

柟詔丑琰切斂力冉切𦆼瀲蘞險虛檢切嶮譣獵

獫檶顩邱檢切隒䭑檢居奄切撿臉儉巨險切芡

奄衣檢切弇掩揜罨裺閹媕晻渰

崦黤貶悲檢切疺

忝他點切餂銛點多忝切玷簟徒點切扂稴盧忝切溓淰乃玷切

𪘫下忝切嗛歉苦居切慊

儼魚掩切曮嬐广噞鹼埯倚广切

豏下斬切獑槏口減切減古斬切鹻藏黯乙減切摻所斬切㨻斬阻減切

瀺 士減切 巉 湛 丈減切

檻 戶黤切 艦 轞 [illegible] [illegible] 闞 虎檻切 獭 黤 倚檻切

范 父錽切 [illegible] 笵 範 犯 錽 亡范切

去聲

勘 苦紺切 轗 憾 胡紺切 琀 唅 顑 呼紺切 餡 紺 古暗切 黚 淦

贛 暗 烏紺切 闇 喑 謲 七紺切 參 馾 丁紺切 鴆 僋 他紺切 撢

探 醰 徒紺切

闞 苦濫切 瞰 嵌 憨 下瞰切 三 蘇暫切 暫 昨濫切 鏨 蹔 擔 都濫切 甔

憺 徒濫切 啗 淡 澹 睒 吐濫切 睒 濫 盧瞰切 爁 醓 纜

爁
豔以贍切 焰 焱 鹽 灩 厭於焰切 饜 壓 㤿於贍切 俺
塹七焰切 槧 [illegible]子焰切 漸 閃舒贍切 熌 掞 襜昌焰切 韂 [illegible]
占章焰切 贍時焰切 髯而焰切 覘丑焰切
㮇他念切 [illegible] 忝 店都念切 坫 點 痁 墊 唸 玷
磹徒念切 稴歷店切 念奴店切 [illegible] 酓於念切 [illegible]先念切 僭子念切 [illegible]
驗魚窆切 釅 噞 [illegible] 窆陂驗切 砭 斂力驗切 [illegible] 瀲 [illegible]
[illegible] 脅虛欠切 欠去劒切 劒居欠切
陷乎韽切 臽 錎 [illegible] 韽於陷切 蘸莊陷切 站陟陷切 賺直陷切

醶胡懺切 檻 譀許鑑切 鑑居懺切 監 㔋 儳义鑑切 摲 鑱士懺切

梵扶泛切 帆 泛孚梵切 汎 氾 [illegible]

第十五部

入聲 一屋二沃三燭通用

屋烏谷切 剭 䵎 熇呼木切 𣪊 哭空谷切 㲉 轂古祿切 [illegible] 穀

轂 殼 谷 [illegible] 縠胡谷切 斛 㱿 礐 槲 瀔

卜博木切 濮 轐 嫸 樸 蹼 纀 䪁 撲普木切 扑

墣 醭 穙 朴 僕步木切 暴 瀑 [illegible] 匐 木莫卜切

沐 霂 毣 楘 鶩 蚞 速蘇谷切 遬 餗 娕

涑蔌樕⿰虫速餗簌〔蔟〕千木切簇瘯⿰石族
〔鏃〕作木切嗾〔族〕昨木切〔禿〕他谷切⿰言禿⿰扌禿鵚〔牘〕徒谷切讀讟
黷嬻犢殰髑匵櫝瀆瓄隫
獨騳〔祿〕盧谷切彔漉盝琭碌簏簶
麗麓⿰目鹿娽摝角鱳樚轆鹿
騼⿰虫鹿〔福〕方六切腹複幅輻復⿱竹復
鍑鶝輹楅覆葍〔蝮〕芳六切覆〔伏〕房六切虙
服復絥茯⿰王車⿰車伏箙栿棴洑
菔馥鵩鰒〔目〕莫六切睦繆牧坶苜

穆 肅(息六切) 夙 宿 潚 䑿 𢹇 橚 蓿 𥖎
鷫 䎘 驌 鱐 蹙(子六切) 顣 蹴 踧 噈 䙯
菽(式竹切) 叔 翛 儵 鮛 俶(昌六切) 琡 祝(之六切) 粥
粥 柷 孰(神六切) 熟 塾 淑 肉(而六切) 衄 縮(所六切) 莤
謖 蹜 珿(初六切) 矗 竹(張六切) 竺 筑 築 䓛 蓄(勑六切)
畜 滀 搐 逐(佇六切) 妯 柚 軸 舳 蓫 鱁
蚰 六(力竹切) 陸 稑 𦺈 蓼 䡜 勠 戮 𩣡
鯥 𧉦 朒(女六切) 恧 育(余六切) 毓 昱 煜 錥 鬻
𦁤 棛 蜟 淯 堉 畜(許六切) 慉 麴(邱六切) 匊(居六切) 掬

踘鞠𧊲鞫𩛠菊𥈅鵴䱡彧乙六切
稶郁澳燠噢薁鴧栯【增補】國古六切
沃烏酷切鋈鵠胡沃切翯礐熇呼酷切膗𣝘歊嗃
酷枯沃切焅硞嚳告姑沃切牿梏郜襮逋沃切犦
鏷蒲沃切轐雹鞄洬蘇篤切𧛓篤都毒切督毒徒沃切䓯
纛碡【增補】北逋沃切
燭朱欲切屬囑矚𦇑蠋束輸玉切倲觸樞玉切歜
臅蜀殊玉切蠋屬韣鐲欘贖神蜀切辱儒欲切蓐
褥縟溽鄏粟須玉切𠞁促趨玉切趣數足縱玉切

哫 續（松玉切） 藚 俗 幞（逢玉切） 瘃（珠玉切） 斸 欘 孎 豖 十七

梀（丑玉切） 亍 躅（厨玉切） 錄（力玉切） 簶 逯 綠 淥 醁 騄

彔 欲（俞玉切） 慾 浴 鋊 𤝞 鵒 旭（呼玉切） 勖 頊

曲（區玉切） 𠚕 𧼯 𦥑（拘玉切） 挶 輂 局（渠玉切） 跼 駶 侷

玉（魚欲切） 獄

第十六部

入聲 四覺十八藥十九鐸通用

覺（訖岳切） 角 捔 桷 榷 較 傕 珏 㱿 嗀（黑角切）

謞 滈 嗃 㱿（克角切） 觳 搉 慤 確 礐 埆

學胡角切鷽翯澩嶨确渥乙角切媉偓喔

齷握幄嶽逆角切鸑剝北角切駁駮爆鸔

璞匹角切樸撲颮朴雹弼角切暑懪鰒暴

邈莫角切貌眊毣藐朔色角切數槊搠[illegible]

槊娖測角切齪擉捉側角切浞仕角切灂汋鷟籗

斲竹角切琢椓㧻卓倬逴諑啄涿

濁直角切躅濯擢戳鐲鸀鸐靏搦昵角切

犖力角切礐躒

藥弋灼切躍𨇨礿瀹爚龠籥鑰𢄌

蘥濼鸙䖃蘥縛伏約切削息約切揱碏七約切踖

皵鵲猎䱜爵即約切雀皭疾雀切嚼爝鑠式灼切

爍灼之若切焯勺酌妁彴禚斫犳

趵斮側略切綽尺約切婥杓市若切仢汋弱日灼切嫋鄀

蒻若箬渃芍胣略切著直略切逴敕略切躇婼臭

蘁略力灼切掠蛶謔迄却切卻乞約切腳訖約切屩噱極虐切醵

蹻臄約乙却切葯箹虐逆約切瘧籆五縛切貜躩

矆怳縛切彏戄𧬄躩屈縛切𢔘矍居縛切攫钁𨏒

玃𪈶臒憂縛切韄嬳逽女略切

鐸（達各切）度 ⿰忄度 剫 踱 喥 凙 託（他各切）橐 柝

拓 托 跅 ⿰乇鬼 蘀 籜 馲 飥 洛（歷各切）酪

落 絡 輅 珞 硌 樂 挌 烙 轢 駱

鵅 鮥 雒 洛 諾（匿各切）博（伯各切）簙 髆 餺 襮

䙏 搏 薄 鎛 鑮 爆 猼 欂 膊 粕（匹各切）

⿰月薄 泊（白各切）薄 簙 箔 礴 鉑 亳 莫（末各切）幕

漠 塻 瞙 膜 摸 瘼 寞 鏌 索（昔各切）⿰扌索

⿰風索 ⿰衤索 錯（倉各切）剒 作（即各切）柞 昨（疾各切）酢 鑿 筰

䋏 怍 ⿰牛乍 岝 鶴（曷各切）貉 涸 ⿰缶隺 臛（黑各切）鶮

十九

鄗郝壑嗃謞熇矐恪（克各切）各（古落切）閣

格惡（烏各切）堊咢（逆各切）噩齶諤遻鄂崿

⿰石咢蕚⿰咢刂鍔鶚鱷穫（黃郭切）鑊濩⿰食蒦

檴擭䨼⿰火蒦霍（忽郭切）藿攉癨廓（苦郭切）鞟

劐擴⿰口郭郭（古博切）椁彍蠖（屋郭切）鱯艧（烏郭切）（增補）

陌（末各切）

第十七部

入聲　五質六術七櫛二十陌二十一麥二十二昔二十三錫二十四職二十五德二

十六緝通用

質之日切 鑕 劕 晊 桎 櫍 礩 胵 郅 騭
蛭 躓 失式質切 室 叱尺栗切 實食質切 日入質切 衵 馹 率朔律切
帥 蟀 䘹 悉息七切 膝 蟋 [illegible] 七戚悉切 桼 漆
堲子悉切 [illegible] 蝍 喞 疾昨悉切 嫉 槉 蒺 [illegible] 必璧吉切
畢 罼 饆 觱 滭 熚 珌 彃 韠 蹕
覕 鮅 縪 蓽 匹僻吉切 鵯 邲毗必切 怭 佖 飶
苾 鉍 駜 蜜覓畢切 宓 謐 筆逼密切 弼薄宓切 佛 密莫筆切
沕 滵 蔤 樒 窒陟栗切 庢 挃 銍 螲 抶勑栗切

咥 秩直質切 袟 帙 柣 姪 豑 栗力質切 慄 瑮
搮 凓 溧 飃 篥 鷅 暱尼質切 昵 㦐 尼
逸弋質切 詄 佚 佾 軼 泆 溢 鎰 馹 妷
欯闐吉切 佶 恄 咭 詰喫吉切 趌 劼 蛣 吉居質切 拮
郆 洁 狤 一益悉切 壹 肸黑乙切 姞巨乙切 佶 鮚 乙億姞切
鳦 颶越筆切 扢 汩 耋地一切 垤 獝休必切
術食律切 述 沭 秫 出尺律切 䢺雪律切 恤 賉 訹 戌
珬 蛾 卒節律切 啐 崒昨律切 踤 捽 誶 炪竹律切 窋
茁 遂 叕 黜勑律切 詘 跊 怵 朮直律切 律劣戌切 繂

嵂 膟 崒 壘 聿允律切 遹 [illegible] 矞 霱 燏

潏 繘 鴥 鷸 [illegible] 驈 鱊 橘訣律切 [illegible]

櫛側瑟切 [illegible] 瀄 瑟色櫛切 璱 蝨

陌莫白切 袹 貊 貘 驀 拍四陌切 魄 霸 珀 百博陌切

伯 迫 柏 瓸 佰 白薄陌切 帛 舶 鮊 磔陟格切

搩 坼恥格切 拆 破 宅直格切 澤 擇 檡 蠌 蹃昵格切

搦 垎胡格切 輅 赫郝格切 嚇 [illegible] 客乞格切 喀 格各額切 假

挌 骼 觡 茖 鵅 蛒 啞乙格切 額五陌切 頟 詻

峉 謋虎伯切 砉 湱 剨 虢古伯切 [illegible] [illegible] 擭一虢切 韄

嚄 濩 碧（筆戟切） 索（色窄切） 迮（側格切） 窄 岝 笮 蚱 舴 二十

唶 虩（迄逆切） 隙（乞逆切） 郤 綌 戟（訖逆切） 蕺 劇（竭戟切） 谻 屐

逆（仡戟切）

麥（莫獲切） 霢 脈 覛 薜（博厄切） 檗 擘 䛔 糪（蒲革切） 繴

栜（色責切） 摵 愬 涑 策（測革切） 筴 冊 柵 猎 責（側革切）

嘖 幘 簀 賾（士革切） 鰿 擌（率摑切） 槭 摘（陟革切） 謫 覈（下革切）

滆 翮 核 隔（各核切） 䈈 膈 革 鬲 槅 嗝

戹（乙革切） 阸 䬏 搤 扼 軛 豟 嗌 鷊（逆革切） 𪀗

鞷 畫（胡麥切） 劃 嫿 繣 澅 獲 虢（古獲切） 漍 幗

摑幗蟈剨口獲切⿰石國

昔思積切腊焟惜舄磶蕮猎潟皵七迹切

刺磧踖積資昔切積膌脊蹐嵴迹

鵲蟦鯽席祥亦切蓆夕穸汐籍秦昔切耤

藉瘠塉釋施隻切適奭襫螫尺昌石切赤

斥隻之石切摭蹠跖炙石常隻切祏碩鼫

射食亦切擲直炙切躑益伊昔切嗌睪夷益切繹襗𥜊⿰衤夜醳

掖腋亦奕弈帟懌斁射譯

驛嶧場圛燡液易蜴役營隻切疫

辟（必益切）躄襞璧僻（匹辟切）癖澼擗（毗亦切）辟闢

錫（先的切）裼緆唽晳晰析淅蜥戚（倉歷切）

鏚慼蠚磩績（則歷切）勣寂（前歷切）壁（必歷切）霹（匹歷切）劈

甓（蒲歷切）覓（莫狄切）䁈冪幎幦幭汨的（丁歷切）弔

適嫡蹢靮玓甋鏑滴樀葯

啇逖（他歷切）逷趯踢倜惕剔鬄狄（亭歷切）

敵踧迪頔覿糴滌笛籊荻

翟妯歷（狼狄切）壢靂瀝嚦躒磿礫

瓅皪鬲轢櫪曆瀝濼瀝歷

王

櫟惄乃歷切溺檄刑狄切薂覡閴許激切赥喫詰歷切激吉歷切
擊墼獥⿱敫鳥噭⿰言敫鷁倪歷切霓艗鷊
闃苦臭切狊古闃切鼳鶪湨郹殈呼臭切瞁
職質力切織膱樴蘵蟙識設職切飾式軾
拭⿰糹式栻寔丞職切湜殖埴植食乘力切蝕
側札色切仄昃稄汄色殺測切嗇穡濇測察色切
惻畟崱士力切息悉卽切熄鄎卽節力切稷陟竹力切稙
敕恥力切飭鷘直逐力切犆⿰巾直値力六直切屴匿昵力切
⿰忄匿弋逸織切杙翼翊翌廙⿰女弋釴潩

黓蛡瀷殛訖力切亟㥛襋棘蕀[illegible]

赩迄力切衋億乙力切憶臆繶抑醷檍[illegible]

極竭億切嶷鄂力切薿觺域越逼切[illegible]淢罭棫蜮

䳼緎閾魊洫忽淢切侐堛拍逼切畐稫副

愊逼筆力切楅幅湢愎弼力切[illegible]

德的則切得忒惕得切慝特敵得切螣勒歷德切肋扐仂

泐玏北必墨切菔蒲北切匐踣墨密北切默纆蟔

艒塞悉則切墄七則切則即得切賊疾則切鰂蠈[illegible]劾紇則切黑迄得切

克乞得切剋刻勀或胡國切惑國骨或切冒亡北切

二十二

緝七入切 葺 咠 諿 輯 霵 歁息入切 卌 鈒 㗱即入切

濈 湒 [illegible] 檝 習席入切 謵 襲 褶 漝 霫

隰 [illegible] 騽 鰼 [illegible] 集籍入切 濕失入切 [illegible] 執質入切 汁

十寔入切 什 拾 入日執切 廿 澀色入切 戢側立切 濈 [illegible] 縶陟立切

蟄直立切 立力入切 粒 鉝 笠 苙 [illegible]昵立切 [illegible] 籋 揖一入切

挹 熠弋入切 煜域及切 吸迄及切 [illegible] 歙 翕 [illegible] 闟 潝

[illegible] 噏 泣乞及切 湆 急訖立切 彶 給 級 汲 芨

跲 及極入切 笈 邑乙及切 浥 悒 裛 [illegible] 唈 厭

岌逆及切 圾

第十八部

入聲　八勿九迄十月十一沒十二曷十三末十四黠十五舝十六屑十七薛二十九葉三十帖通用

勿文拂切 物 岉 沕 芴 拂敷勿切 刜 髴 帗 祓

艴 [足弗] 茀 [雨弗] 弗分物切 不 韍 黻 紱 綍

紼 攸 柫 沷 𩗾 沸 佛符勿切 咈 怫 笰

坲 炥 屈曲勿切 詘 鶌 [虫屈] [犭屈]九勿切 [足出] [糸屈] 屈

厥 劂 豩 倔渠勿切 掘 [禾屈] [木屈] 崛 鬱紆勿切 菀

蔚 尉 爩 黦 灪 罻

迄（許訖切） 肸 釳 汔 乞（欺訖切） 芞 契 訖（居迄切） 吃 扢

疙（魚迄切） 仡 圪 屹 忔

月（魚厥切） 刖 軏 越（王伐切） 鉞 曰 粵 絨 樾 蠘

泧 ⿵風戉（許月切） 狘 ⿰山戉 闕（丘月切） 厥（居月切） ⿰石厥 瘚 劂 橛

蹶 蕨 蟨 蟩 鱖 ⿰角厥（其月切） 撅 蹷 ⿺走屈 ⿰衤厥

噦（於月切） 嬮 钀（語訐切） 紇（恨竭切） 歇（許竭切） 蠍 猲 訐（居竭切） 揭 鍻

羯 ⿰耒曷 竭（其謁切） 碣 楬 謁（於歇切） 暍 髮（方伐切） 發 颰

伐（房越切） 茷 罰 垡 墢 閥 瞂 筏 韈（勿發切）

沒莫勃切　歿　孛薄没切　侼　勃　誖　悖　浡　渤　埻

㶿　䤬　餑　桲　脖　鵓　䮝　窣蘇骨切　猝蒼没切　卒

卒臧没切　倅　稡　捽昨没切　崒　咄當没切　柮　㤕　䮞　突他骨切

腯　葖　揬陁没切　堗　䑽　鼵　䙈　硉勒没切　訥奴骨切　呐

麧下扢切　齕　扢　搰胡骨切　抇　鶻　忽呼骨切　惚　昒　笏

窟苦骨切　崫　堀　骨古忽切　汩　愲　榾　䱻　兀五忽切　扤

杌　矹　屼　軏　阢　卼

曷何葛切　褐　毼　鞨　鶡　蝎　喝許葛切　渴邱葛切　𤸷　磕

鶍　葛居曷切　割　𤅯　蓋　轕　遏阿葛切　閼　堨　頞

嶭牙葛切 蘖 躠桑葛切 薩 摋 攃七曷切 䌨 怛當割切 妲 䵣

笪 靼 狚 闥他達切 撻 達 澾 獺 䲚 達陁葛切

剌郎達切 辢 攋 瘌 颲 捺乃葛切

末莫撥切 佅 袜 韎 沫 抹 秣 活戶括切 豁呼括切 濊

闊苦活切 括古活切 聒 銛 佸 适 栝 筈 萿 鴰

斡烏括切 捾 撥北末切 襏 鉢 墢 鏺普活切 潑 鱍 跋蒲撥切

胈 犮 魃 軷 酦 坺 茇 妭 撮粗括切 襊

繓宗括切 掇都括切 剟 裰 脫佗括切 奪徒活切 鮵 捋盧活切 脟

黠下八切 䵷 劼丘八切 㓤 髻 戛古黠切 楔 嘎 秸 鴶

軋乙黠切 揠 猰 窫 鳦 圠 滑戶八切 磆 猾 䱻

螖 婠烏八切 穵 八布拔切 朳 捌 汃普八切 叭 拔蒲八切 殺山戛切

鎩 榝 察初戛切 札側八切 紮 𡖋 蔦 蚻 扎 茁側滑切

窡張滑切 鵽 貀女滑切 哳知戛切 噠宅軋切

舝下瞎切 轄 瞎許轄切 䅥邱轄切 齾牛轄切 刮古刹切 帓莫轄切 刹初轄切 哳陟轄切

屑先結切 糏 僁 㴽 切千結切 竊 節子結切 癤 楶 蝍

鯽 截昨結切 鐵他結切 餮 驖 耋徒結切 絰 凸 跌 迭

咥 蛭 垤 捩力結切 涅乃結切 揑 篞 苶 纈奚結切 襭

擷 頁 絜 頡 獺 猰詰結切 挈 契 鍥 結吉屑切

桔袺拮潔蛣〔噎〕一結切咽噎⿰犭因搤
〔齧〕倪結切視闑臬隉臲蜺〔穴〕胡決切鴪〔血〕呼決切
泬〔闋〕苦穴切〔玦〕古穴切觼觖潏決訣譎憰
趹駃鴂鴃〔抉〕一決切妜〔撇〕匹蔑切⿱敝力瞥〔彆〕必結切
〔蹩〕蒲結切⿰瓜必〔蔑〕莫結切懱衊覕幭篾⿰蔑鳥鱴
蠛
〔薛〕私列切紲絏褻暬媟契禼渫洩
齛躠楔〔雪〕相絕切〔蕝〕租悅切〔絕〕情雪切〔設〕式列切蔎揲〔掣〕尺列切
瘌〔浙〕之列切晣折〔舌〕食列切折〔熱〕而列切〔說〕失爇切〔歠〕姝悅切啜

拙朱劣切炪梲蝃爇如劣切㕞所劣切唰哲陟列切徹敕列切撤

晢䚢轍直列切澈列力蘖切烈咧洌冽裂

挒鴷鬣蛚茢栵叕株劣切輟罬餟

惙啜醊涰劣力輟切鋝埒浖蛶抴羊列切

孑吉列切釨悅欲雪切說閱蛻烕許列切缺傾雪切蒛揭邱傑切

愒偈傑巨列切杰桀榤孽魚列切蠥讞蘖

櫱𨏹甈鼈必列切鷩鴓潎匹滅切滅莫列切䇷筆別切別

莂別皮列切

葉弋涉切偞楪鍱魘益涉切厭𠫝擪爗域輒切饁

极其輒切笈衱裛憶笈切妾七接切鯜緝淁接即涉切椄

楫睫婕萋疌疾葉切捷誱崨攝失涉切欇

懾葉鍱歙色輒切霎箑萐翜謵尺涉切喢

讋質涉切慴襵摺涉時攝切拾欇讘日涉切囁輒陟涉切

⿰巾耴䐑直涉切鬣力涉切獵犣儠擸躐邋⿰氵巤

⿰馬巤⿰言巤聶昵輒切⿰火聶籋鑷躡⿰馬聶

帖託協切怗貼鉆碟喋的協切跕牒達協切諜疊

氎堞褋韘渫蝶⿰疊鳥鰈艓蹀

捻諾叶切錜敜埝惗協胡頰切叶勰挾俠

裌 頰吉協切 莢 鋏 莢 蛺 篋詰叶切 愜 婡 岌

慊 燮悉協切 屧 躞 浹卽協切

第十九部

入聲 二十七合二十八盍三十一業三十二

洽三十三狎三十四乏通用

合曷閤切 郃 盒 欱呼合切 閤葛合切 合 匌 欱 頜 韐

鴿 蛤 鮯 姶遏合切 媕 唈 趿悉合切 靸 鈒 㚫

馺 颯 卅 啑所答切 帀作答切 咂 噆 魳 趝 雜昨合切

雥 雜 荅德合切 搭 褡 嗒 錔託合切 幍 鞜 黮

⿰言遝嚃漯鞳沓達合切誻⿰扌沓踏遝涾
⿰馬沓⿰木沓拉落合切納諾答切衲魶妠軜蒳匼遏合切
盍胡臘切磕闔蓋嗑⿰言盍榼克盍切搕廅瞌
⿰車盍溘⿰盍頁谷盍切鎑蓋閘鰪乙盍切⿹勹盍磼玉盍切囃七盍切
搨德盍切⿰𦐇刂⿰口𦐇榻託盍切傝塌遢毾⿰馬𦐇蹋
溻碟闒塔蹋敵盍切⿱竹𦐇⿰土闒臘力盍切蠟鑞
爉邋擸
業逆怯切鄴⿰忄業⿱業木驜鸈脅迄業切胠嗋愶
⿰扌翕怯乞業切抾劫訖業切刦抾衱袷⿰虫去跲極業切

柗 笈 腌又業切 浥 裛

洽轄夾切 祫 峽 狹 恰乞洽切 帢 掐 夾訖洽切 郟 裌

筴 鵊 歃色洽切 臿測洽切 鍤 插 眨側洽切 霅 䛽 萐貫洽切

濈 䮢 䐑 鰈 劄竹洽切

狎轄甲切 匣 𧦧 柙 甲古狎切 胛 押乙甲切 壓 鴨 擪

呷迄甲切 翣色甲切 𢕓 唼 箑 霎 霅直甲切 㴙 喋

乏扶法切 法弗乏切 㺌敕法切 𤞻呢法切

詞林正韻卷下終

閶門外桐涇橋西石
屑街口吳學圃刊刻

圖書在版編目(CIP)數據

詞林正韻 / (清) 戈載撰. - 上海 : 上海古籍出版社, 2021.5 (2025.8重印)

ISBN 978-7-5325-9995-0

Ⅰ. ①詞… Ⅱ. ①戈… Ⅲ. ①詞律-詩詞研究-中國-清代 Ⅳ. ①I207.23

中國版本圖書館CIP數據核字(2021)第085686號

詞林正韻

(清) 戈載 撰

上海古籍出版社出版、發行

(上海市閔行區號景路159弄1-5號A座5F　郵政編碼 201101)

(1)網址:www.guji.com.cn

(2)E-mail:gujil@guji.com.cn

(3)易文網網址:www.ewen.co

常州市金壇古籍印刷廠有限公司印刷

開本 890×1240　1/32　印張 8.5　插頁 5

2021年5月第1版　2025年8月第6次印刷

印數:6,451-7,550

ISBN 978-7-5325-9995-0

I·3568　定價:48.00元